KB082150

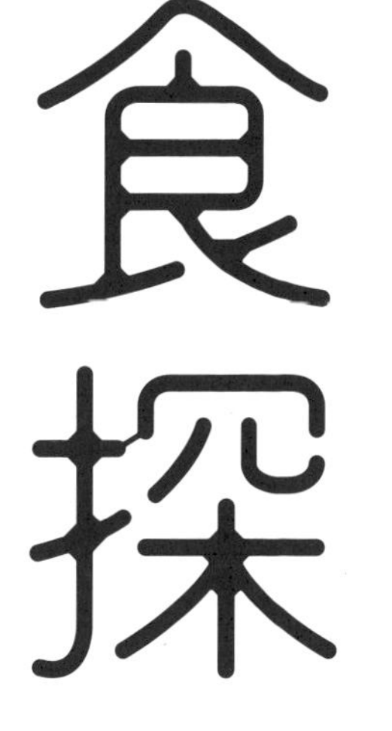
食探

정재훈의

식탐

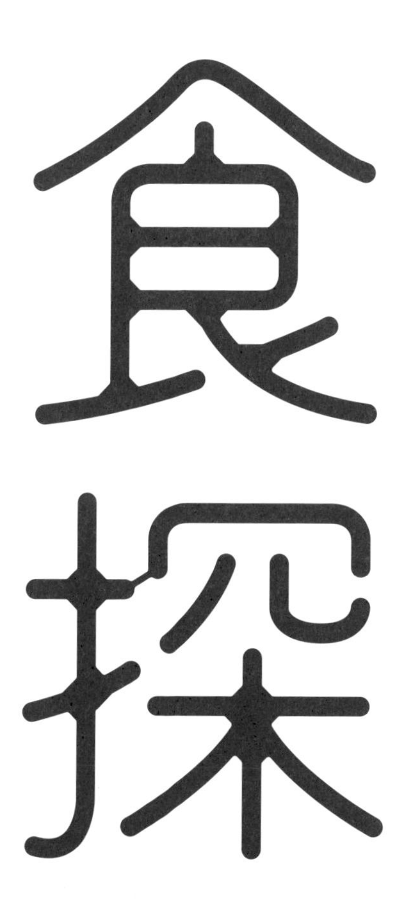

프롤로그

음식은 논쟁적이다. 평양냉면 한 그릇을 앞에 두고 열띤 토론이 벌어진다. 순면이냐 아니냐, 면을 잘라먹느냐 마느냐, 식초와 겨자를 넣느냐 마느냐에서 시작하여 메밀향, 육향의 실재성과 육수의 정통성 논쟁이 뒤따른다. 나는 이런 문제에 대해서는 대체로 무심한 편이다. 하지만 국물에 삶은 달걀을 밀어 넣는 것만큼은 참을 수 없다. 흰자의 비릿한 향도 싫지만, 퍽퍽한 노른자 알갱이가 육수 속으로 흩어지는 걸 보고 있으면 내 마음이 혼탁해지는 것만 같다. 달걀을 먼저 먹을 것인가, 중간에 먹을 것인가, 나중에 먹을 것인가, 그냥 안 먹고 말 것인가 논쟁에 슬며시 끼어들고 싶은 마음이 생긴다.

그런데 대체 누가 언제부터 왜 냉면에 어울리지 않는 삶은 달걀 반 조각을 넣어 사람을 괴롭게 하는 걸까? 냉면에 올리는 삶은 달걀과 비빔밥에 올리는 달걀 프라이에는 어떤 관련성이 있는 것인가? 질문은 음식의 역사를 파고든다. 위장 보호 목적에서 또는 부족한 단백질을 보충하는 차원에서 그랬을 거라고 논란이 마무리되려는 찰나, 한 친구가 짜장면에도 달걀 프라이가 올라간다며 반론한다. 다른 한편에서는 영양 과잉 시대인 지금도 냉면에 달걀을 넣어 먹을 필요가 있느냐며 의문을 제기한다. 콜레스테롤이 풍부한 노른자를 먹으면 심장병 위험이 커지니 노른자는 빼고 흰자만 먹자는 주장도 들린다. 그때, 누군가 식탁을 두드리며 일행의 주의를 끈다. “안셀 키스Ancel Keys의 콜레스테롤

이론은 30년 전 이야기다. 달걀을 먹어도 콜레스테롤에는 별 영향이 없다." 과연 그런가? 대답하기도 전에 일행 중 한 사람이 면을 모두 빼고 국물과 편육과 달걀만을 먹기 시작한다. 고지방 저탄수화물 다이어트 중인가보다.

식탁 위의 논쟁이 이렇게 뜨거워지는 것은 맛과 건강이 달려있기 때문만은 아니다. 음식은 그 음식을 먹는 사람을 평가하는 기준이 된다. 파인 다이닝 레스토랑에서 정수물 대신 탄산수나 미네랄워터를 고른다고 해서 그 손님의 미각이 얼마나 섬세한 사람인가를 파악하기는 어렵다. 하지만 그가 얼마나 기꺼이 지갑을 여는 사람인지 보여주는 척도가 될 수는 있다. 브리야 사바랭Brillat-Savarin의 유명한 한마디를 빌려 요약하면 다음과 같다. "나에게 어떤 물을 마시는지 말해주면 당신이 어떤 사람인지를 말해주겠다."

모든 게 취향의 문제라는 말로 논쟁을 마무리할 수는 없다. 둥근 지구와 평평한 지구 중 어느 것을 더 좋아하느냐가 순전한 개인적 선호의 문제가 될 수 없는 것처럼, 음식 담론에서도 사실과 허구를 구분할 필요가 있다. 단맛을 어느 정도 좋아하느냐는 취향의 문제이지만, 인류가 본성적으로 단맛을 좋아한다는 것은 과학적으로 밝혀진 사실이다. 마찬가지로 내가 먹는 음식이 나 자신이 되는 것은 아니지만, 음식에 대한 각자의 생각은 자신과 주위의 세계가 어떤 모습인지를 구체적으로 보여준다.* 책에 소개한 24가지 음식과 그 주변의 논쟁을 통해 우리가 함께 살펴보려는 것은 바로 그런 것들이다.

* 예를 들어 "자신은 집에서 소고기나 양고기 따위나 먹고 있는데 남편은 밖으로 나돌면서 고급 닭고기를 먹는다"는 소설 속 한 여인의 푸념에는 16세기 이탈리아의 사회적 관념이 드러난다. 당시 유럽인들은 땅으로부터 멀리 떨어져 하늘 높이 달려있다는 이유로 과일을 높이 평가하고, 같은 이유로 하늘을 나는 날짐승을 최고로 쳤다. 치킨 먹을 때 생각하면 딱 좋은 역사적 사실이다.

들어가며 —— 먹방 시대의 명암

음식 방송의 힘

<수요미식회>와 <3대천왕>은 꾸준하다. <윤식당>은 시작부터 압도적이다. TV가 보여주는 음식에 대한 관심은 뜨겁다. 방송의 힘도 여전히 위력적이다. <수요미식회>에 한 번 소개되고 나면 식당 대기 줄이 엄청나게 길어진다. <꽃보다 할배>가 그러했듯, <윤식당> 촬영지도 새로운 관광 명소로 떠오를 가능성이 높다. 그러나 방송의 영향력이 한없이 커지는 것은 긍정적인 내용보다 부정적인 내용을 다룰 때이다. 지난 3월 <먹거리X파일>이 대왕카스테라 식용유 논란을 불러일으키자 여러 전문가들의 반박이 뒤따랐다. 하지만 방송의 보여주는 힘을 거스를 수는 없었다. 매출은 급감하고 폐업이 속출했다. 방송에 흔들리는 대중을 비판만 할 수는 없다. 음식 프로그램의 영향력이 부정적인 쪽으로 더 강력하게, 비대칭적으로 작용하는 데는 생물학적 이유가 있다. 잡식 동물인 인간에게 무엇을 먹고, 무엇을 먹지 말아야 하는가는 중요한 정보다. 맛은 취향의 문제이지만 안전성은 생존이 달려 있는 문제이니 더 많은 주의를 기울일 수밖에 없다.

방송은 시청률을 높이기 위해 인간의 심리를 이용한다. 가볍고 부드러운 질감의 대왕카스테라를 좋아하는가 아니면 촉촉하며 단맛의 밀도가 높은 나가사키 카스텔라를 선호하는가는 취향의 문제다. <먹거리X파일>과 같은 TV 프로그램은 너무도 자주, 맛과 취향의 문제를 건강과 생존의 문제처럼 왜곡시킨다. 식용유를 넣은 대왕카스테라를

먹고 죽은 사람은 아무도 없지만, 다수의 사람들이 마치 그런 일이 있었던 것처럼 행동한다. 내 취향 문제라며 먹던 대로 먹는 사람은 소수에 불과했다. 보는 것이 믿는 것이라고, 시각이 우리의 판단에 미치는 영향은 압도적이다. 미식의 세계에서도 마찬가지다. 프랑스 보르도 대학교의 와인학 전공 학부생 54명 모두가 화이트 와인에 붉은 색소를 물들여서 만든 가짜 레드 와인에 속아 넘어간 실험 결과는 자주 회자된다. 시각은 후각보다 열 배나 빠르게 전달되므로, 붉은색 와인이라는 시각 정보가 후각에 앞서 착각을 일으킨 것이다. 우리의 감각이란 이토록 쉽게 흔들리는 것이니 그 감각에 근거한 취향 또한 그저 주관적이며 상대적인 것이 아닐까 하는 의문이 떠오른다. 모래처럼 불안정한 감각 위에 쌓은 취향이니 방송 한 편에 좌우지되는 거란 생각이다.

화면에 보이지 않는 것들

예민한 미각을 가진 사람들이 실존하는 것은 분명한 사실이라며 반론할 수 있다. <3대천왕> 속 백종원이 그렇다. 조리 방법과 음식 속 재료를 기가 막히게 분별해낸다. 닭볶음탕 속 희한한 단맛이 설탕은 아닐 것 같다고 추측하는 장면은 14년 전 원조 먹방 드라마의 주인공 장금이의 명대사 “홍시이옵니다”가 떠오르게 한다. 체계적 교육과 훈련을 통해 숙련된 맛의 전문가라면 음식을 겉모습, 질감, 맛, 향의 다양한 범주에 따라 쪼개어 분석하고 평가할 수 있다. 그런 전문가들이 평가한 맛집이라면 실패할 확률이 줄어들지 않을까. 아마도 그런 생각이 많은 사람들이 <수요미식회>와 <3대천왕>을 시청하도록 만드는 이유겠지만, 여기에는 두 가지 함정이 숨어 있다. 우선, '좋은 것'과 내가 '좋아하는 것'은 다르다는 사실이다. 음식평론가가 좋다는 음식이 내 입에 맞을지 알 수 없는 것은, 영화평론가가 좋은 영화로 평가했다고 나에게 재미있을 거라는 보장이 되지 않는 것과 마찬가지다. 내 취향에는 안 맞지만 완성도가 뛰어난 영화가 있듯, 내 입맛에는 안 맞지만 훌륭한 음식이 있다. 더 큰 함정은 맛의 전문가와 미식가는 별개라는 데 있다. 남보다 청력이 뛰어나야 음악평론가가 되는 것도 아니고, 고흐가 <별이 빛나는 밤>을 그릴 때 어떤 물감을 썼는지 알아맞힐 수 있어야 미술평론가인 것도 아니다. 그런 감각과 지식은 우리의 인식에 영향을 미치는 일부 요소일 뿐이다. 블라인드 테이스팅에서는 오로지 후각과 미각만으로 맛을 평가해야 하지만, 실제 음식을 먹는 행위는 그처럼 맥락과 단절된 상태에서 이뤄지지 않는다. 미식은 시간, 공간, 인간이 음식과 어우러져 만들어내는 총체적 경험이다.

미식가는 깜깜한 어둠 속에서 후각과 미각만으로 음식을 맛보는 사람이 아니다. 시간과 공간과 인간이 만들어내는 맥락 속에서 미식 체험을 즐기는 사람이다. 시간에 따라 음식의 상태가 변하니 평가 또한 달라진다. 구운 뒤 아직 온기가 남아 있는 빵을 좋아하는 사람도 있고,

어제의 카레를 좋아하는 사람도 있다. 같은 음식을 코스로 먹느냐 함께 펼쳐두고 먹느냐에 따라 먹는 속도가 달라지고, 코스에서 어떤 순서와 리듬에 따라 서빙하는가에 따라서도 음식에 대한 인상이 달라진다. 시간에 따라 우리의 욕구도 달라진다. 배고픈 시간이라고 사람이 음식 맛에 더 예민해지는 것은 아니지만, 배고플 때 맛보는 음식의 맛과 향에 대한 평가치는 올라간다. 공간도 중요하다. <삼시세끼>에서 <윤식당>으로 이어지는 나영석 PD의 프로그램에 등장하는 음식은 대개 우리에게 친숙한 것들이지만, 공간이 색다르다. 인도네시아 발리 인근의 섬에서 불고기를 요리해 세계 각국의 여행자들에게 내놓는 장면을 본 다음 날 결국 나도 집에서 당면을 넣은 불고기를 따라 해먹고야 말았지만, 공간이 다른 만큼 방송을 볼 때와는 전혀 다른 느낌이었다.

백종원의 <3대천왕>은 이런 공간의 기능을 무시한다. 전반부에서 맛집을 소개하고 후반부에서 스튜디오에서 그 음식을 조리해 맛보는 식으로 진행되지만, 음식을 식당에 가서 먹는 것과 스튜디오에서 먹는 것은 전혀 다른 체험이다. 똑같은 영화도 영화관에서 보느냐 집에서 보느냐에 따라 다른 체험이 되는 것처럼 미식 체험에서도 공간이 중요하다. 같은 음식인데도 본래의 식당에서 먹을 때와 푸드 코트에서 먹을 때, 팝업 레스토랑에서 먹을 때가 다 다르다. 얼마 전 들렀던 <올리브 매거진 코리아> 2주년 기념 마켓에서도 그랬다. 사람들이 바비큐 그릴 앞에 길게 줄을 서 있었다. 똑같은 메뉴를 뒤편 푸드

트럭에서도 팔고 있었고, 두 곳 모두 한 회사 소속이었지만, 유독 줄은 바비큐 그릴 앞쪽으로만 길었다. 아주 작은 공간적 차이가 음식에 대한 기대치를 달리 만든 셈이다.

쏠림 현상을 피해야 하는 이유

미식에서 가장 중요한 요소는 역시 사람이다. 누구와 함께 먹느냐에 따라 음식 맛이 다르다. 나와 무관해 보이는 사람도 내 음식 맛에 영향을 준다. 4~5년 전, 청담동의 한 파인다이닝 레스토랑에서 식사하던 중 옆 테이블 노신사가 스태프를 죄다 불러 야단을 쳤다. 그가 어떤 이유로 화가 났는지는 알 수 없지만, 나와 다른 손님들까지 그의 고성을 듣고 있어야 할 이유는 없었다.

미식은 시간, 공간, 인간이 음식과 함께 만들어내는 경험이다. 시청자로서 음식 방송을 볼 때 우리의 역할은 수동적인 것일지 몰라도, 식당이라는 실제 공간 속에서 음식을 먹을 때 우리는 영향력 있는 존재가 된다. 식재료를 준비한 생산자, 음식을 준비한 요리사, 그 음식을 내어놓는 서버와 고객인 우리가 어떤 관계 속에서 어떻게 서로를 대하느냐에 따라 미식은 전혀 다른 경험이 된다. 문 닫기 전에 가야 할 식당이란 표현에는 잘 드러나지 않지만, 실은 우리가 그곳에 가서 어떻게 하느냐에 따라 그 식당의 존폐가 달려 있다. 먹는 존재로서 우리에게는 힘이 있다.

방송 카메라는 주로 한쪽만 보여준다. 음식을 다루는 방송에서 요리의 전 과정을 실제 속도로 보여주거나 설거지하는 걸 길게 보여주는 법은 없다. 하지만 실상 요리는 지난하며, 현실은 복잡하다. <윤식당> 3회째에서 갑작스레 철거된 식당의 모습에 허탈했다면 다시 생각해보라. 그 해변가 식당은 누군가에게는 선망하는 공간이자 판타지였겠지만 다른 누군가의 눈에는 환경파괴적 공간이었다. "나는 자연인이다"를 외치며 산속에서 밥을 먹는 사람들이 다른 이의 눈에 그다지 자연인으로 보이지 않는 것과 비슷하다. 생각과 힘이 한쪽으로 쏠리면 결과는 종종 파괴적이다. <수요미식회> 방송 뒤에 손님이 몰려온 바람에 식당 문을 닫은 곳도 있고, <먹거리X파일> 방송 한 번에 수백 곳의 대왕카스테라집이 폐업 위기에 처했다. 방송의 책임으로만 몰기 어렵다. 방송을 보고 행동한 것은 우리들이다. 전부 내 자유며, 내 취향이라고? 뭐 맞는 말이다. 그러나 TV가 나의 생각을 대신하게 하지는 마라. 음식을 먹는 것은 당신 자신이다.

재료에 관하여

食
探

설탕, 달기만 할까?

맥락에 따라 달라지는 단맛

브리야 사바랭은 틀렸다. 그는 "많은 사람들이 순수한 설탕을 먹는 걸 좋아한다"고 썼다. 하지만 오늘날 대부분의 성인은 설탕 한 스푼을 입속에 털어 넣는 생각만으로도 얼굴을 찌푸린다. 단맛은 인간이 본능적으로 좋아하는 맛인데, 순수한 단맛의 결정체인 설탕을 그대로 먹기는 왜 이렇게 어려운 걸까?

맥락 때문이다. 본래 사람에게 음식과 따로 떼어 생각할 수 있는 맛이란 별 의미가 없다. 소금물 실험으로 내 입맛에 딱 맞는 냉면 육수의 짠맛을 찾기는 어렵다. 적절한 짠맛은 면과 고명과 육수가 합쳐져 만들어진 맥락 속에서 정해진다. 마찬가지로 우리가 좋아하는 단맛의 강도 역시 음식의 종류에 따라 달라진다. 모넬 화학감각연구소에서 유아를 대상으로 행한 실험은 맛의 맥락이 중요하다는 사실을 잘 보여준다. 유아 140명을 대상으로 한 이 실험에서는 설탕물을 정기적으로 먹인 집 아이들과 설탕물을 주지 않은 집 아이들로 나누어 생후 6개월째 설탕물에 대한 선호도를 조사했다. 실험 결과 달콤한 설탕물을 여러 번 먹어본 아이들이 그렇지 않은 아이들보다 단물을 더 좋아했고 많이 마셨다. 하나의 음식으로서 설탕물의 맛이 달다는 사실을 배운 것이다. 생후 2년째 같은 아이들을 대상으로 한 후속 실험에서도 설탕물에 대한 이런 선호는 지속되었다. 하지만 두 집단의 과일 주스에 대한 선호도에는 별 차이가 없었다. 과일 주스도 단맛이 나기는 했지만 아이들 모두에게 생소한 음식이었기 때문이다. 연구 결과는 어떤 음식이 단맛이어야 적절한가에 대한 지식은 경험을 통해 배우는 것임을 보여준다.

인간에게는 친숙한 것을 선호하는 성향이 있어서 자주 먹으면 그 음식을 좋아하게 된다. 그러나 이때 나타나는 선호도는 그 음식에 한정된다. "어려서부터 강한 단맛에 익숙해지면 은은한 단맛을 즐길 수 없게 되고, 모든 음식을 달게 먹는 입맛으로 굳어진다"는 주장이 종종 들리지만 이를 뒷받침하는 과학적 근거는 빈약하다. 그런 식이라면 모유보다 달콤한 분유를 먹고 자란 아이들이 모든 음식을 더 달게 먹을 테지만 앞서 소개한 실험에서 분유를 먹는 아이들이 모유를 먹는 아이들보다 설탕물을 더 좋아하는 현상은 나타나지 않았다. 특정 음식(설탕물)에 대한 선호도는 그 음식(설탕물)을 자주 먹었을 때만 증가했다. 성인도 마찬가지로, 밥을 먹을 때 적당하다고 느끼는 단맛과 아이스크림을 먹을 때 적당하다고 느끼는 단맛은 서로 다르다. 달콤한 아이스크림을 좋아하는 사람도 밥에 설탕을 뿌려 먹지는 않는다. 이렇듯 단맛의 적절함은 맥락에 따라 달라진다.

단맛의 위력

실제로 음식과 단맛의 조합은 문화권마다 다양하다. 달게 먹는 사람이라고 해서 설렁탕에 설탕을 넣어 먹는 경우는 드물다. 하지만 타이 음식점에는 양념통 한가운데 남탄(설탕)이 놓여 있다. 멕시코인들이 수백 년 동안 쓴맛 그대로 즐겼던 초콜릿이 유럽으로 건너가서는 달콤해졌다. 중국에서 그대로 마시는 홍차에 영국인들은 우유와 설탕을 넣어 마신다. 브리야 사바랭은 또 한 번 틀렸다. 그는 "설탕이 만능 조미료이며 어떤 음식도 망치지 않는다"고 단언했다. 하지만 설탕이 어떤 음식과 어울리느냐의 문제는 식문화와 조리법에 따라 상대적으로 결정된다. 나물이 달아도 되느냐 하는 문제는 홍차가 달아야 하느냐와 마찬가지로 사회적인 문제다.

그런데 음식 자체가 생소한 것일 때는 어떻게 해야 하나? 기준이 마땅치 않을뿐더러 원래 방식대로 조리한 맛을 대중이 좋아할 거라는 보장도 없다. 그런 이유로 다른 나라의 낯선 음식이 도입될 때는 우리에게 이미 친숙한 맛을 새로운 음식이나 식재료에 덧씌우는 방법이 흔히 사용된다. 바로 이때 단맛이 위력을 발휘한다. 단맛은 엄마 배 속의 태아 시절부터 좋아하는 본능의 맛이고, 설탕이 없던 시절에도 젖을 빨면서 느꼈던 인류 공통의 맛이다. 단맛의 친근함이 더해지면 새로운 음식에 대한 잡식 동물 특유의 저항감은 줄어든다. 바다를 건너온 음식에 종종 뜬금없이 원래의 맥락과 관계없는 단맛이 더해지는 것은 이런 이유에서다.

피자도, 파스타도, 피클도 달다. 스테이크소스와 익힌 채소와 구운 감자도 달다. 전통적 조리 방식과 양념이 무엇이든 대한민국의 식탁에 오르면 그 음식은 달아져야 한다는 법칙이라도 존재하는 듯하다. 이런 현상이 유독 한국인에게만 나타나는 것은 아니다. 거꾸로 한국 음식을 외국인이 접할 때도 종종 원래보다 더 많은 당이 첨가된다. 해외에서 현지인들에게 인기 있다는 한식당 음식을 먹어보면 순두부도 달고 된장찌개도 달다. 불고기와 갈비는 당연히 더 달다. 그렇다고 좌절할 필요는 없다. 생각해보면, 태어나서부터 쓴맛이 나는 커피를 좋아하는 사람은 없기 때문이다. 달달한 설탕 커피 맛에 익숙해지고 나서, 아무것도 넣지 않은 드립 커피나 아메리카노를 즐길 수 있게 된다. 우리 식과 현지 식을 섞은 애매한 맛에 익숙해진 뒤에야 본래대로 요리된 정통의 맛을 찾는 건 자연스러운 수순이다. 새로운 음식을 제대로 즐기려면 시간이 걸리는 법이다.

재능은 비범, 가격은 평범

설탕도 그렇다. 국내에서 처음으로 설탕이 생산된 해가 1953년이라고 하니 이제 고작 반세기가 조금 넘었을 뿐이다. 짧은 역사를 감안하면 설탕을 바라보는 우리의 시선이 단순히 단맛 조미료에 머무는 것도 이해할 만하다. 하지만 설탕은 단순하지 않다. 설탕은 음식의 맛뿐 아니라 물성을 변화시킨다. 수분을 끌어당겨 음식에 촉촉함을 유지시켜주고,

같은 원리로 세균의 수분을 빼앗아 식품의 보존 기간을 늘려주며, 단백질의 응고를 방해해서 조직을 부드럽게 만든다. 커스터드와 크림, 일본식 달걀말이에 설탕이 들어가는 이유도 부드러운 질감을 끌어올리기 위함이다. 설탕은 음료에 바디감을 더해주고, 통조림 과일의 맛과 색상을 강화시키며, 아이스크림에 결정이 생기는 걸 막는다. 설탕을 높은 온도로 가열하면 '캐러멜화'라는 화학 반응이 일어난다. 당 분자들이 서로 반응하여 수백 가지의 다양한 화합물이 만들어지면 색상은 갈색으로 변하면서 단맛은 줄고 신맛과 쓴맛이 더해져 원래의 설탕과는 전혀 다른 풍미를 띠게 된다. 설탕을 고기와 우유 같은 단백질 음식과 함께 가열하면 마이야르 반응을 일으켜 더 복잡한 풍미를 낸다. '요리의 과학자' 해럴드 맥기Harold McGee의 말처럼 "평범한 설탕조차 비범한 음식이다".

문제는 이처럼 비범한 설탕의 가격이 매우 저렴하다는 데서 발생한다. 1kg의 가격이 2000원을 넘지 않는다. 마트에서 설탕과 동일한 열량을 얻으려면 생쌀로는 2배, 즉석밥으로는 7.5배의 비용이 든다. 비용 대비 칼로리 면에서 설탕은 밀가루, 식용유와 함께 최고 수준이다. 영양 과잉이 문제가 되는 시대에 저렴한 칼로리를 제공하는 설탕에 비난의 화살이 꽂히는 건 필연적이다. 그 때문에 최근 몇 년 동안 가정용 설탕의 판매량이 줄고, 올리고당, 꿀, 메이플 시럽 등의 대체 감미료 판매량은 늘었다. 실제 대한민국의 가정용 설탕 판매량을 총인구수로 나누어 계산해보면 매년 1인당 설탕 구입량은 2kg에 못 미치는 수준이다. 그럼에도 불구하고 1980년대 초반 연간 9kg에 불과하던 1인당 설탕 소비량은 2005년 26kg을 넘어섰다. 좀처럼 믿어지지 않는 수치다. 20kg짜리 쌀이면 몰라도 설탕은 매해 2kg 이상 구입한 적이 없는데, 도대체 언제 그 많은 설탕을 먹고 있다는 말인가. 답은 간접 소비 때문이다. 가공식품과 바깥에서 사 먹는 음식을 통해 나도 모르게 섭취하는 설탕의 양이 내가 알고 먹는 양보다 훨씬 많은 셈이다.

설탕 섭취량을 줄이는 방법

가격은 평범하고 재능은 비범한 설탕은 식품 및 외식 산업에서 다양한 용도로 활용된다. 결과적으로 가정에서 직접 소비하는 설탕의 양은 줄고, 산업에서 소비하는 설탕의 양은 늘어났다. 그러니 2배 더 비싼 값을 치르고 자일로스를 넣어 체내 흡수를 줄였다는 설탕을 사다 먹어도 큰 효과를 기대하기는 힘들다. 현실적으로 설탕 섭취량을 줄이기 위한 가장 좋은 방법은 전체 식사량을 줄이는 것이다. 책상에 놓인 설탕 봉지들을 쳐다보고 있으니 '식품 회사는 담배 회사만큼 해롭다'는 일간지 칼럼이 떠오른다. 쾌락만을 목적으로 하는 담배와 인간에게 꼭 필요한 양분을 쾌락과 함께 제공하는 음식의 차이를 구분할 수 없다니 유감이다. 음식에 맛이 없었더라면 세상 사람들이 비만을 걱정하는 일도 없었겠지만,

동시에 식음을 전폐하여 굶어 죽는 사람도 속출했을 것이다. 설탕도, 설탕을 넣은 음식도 적당히 즐기면 유익하다. 190년 전 브리야 사바랭은 "먹는 즐거움은 절도 있게 맛보면 후회할 일이 없는 유일한 쾌락"이라고 썼다. 이번에는 그의 말이 맞다.

식용유가 풍요로운 시대

씨앗에서 짜낸 기름

옥수수유와 콩기름의 시대는 저물었다. 이제는 카놀라유, 포도씨유, 올리브유 간의 경쟁이다. 사실 '경쟁'이란 말에는 오해의 소지가 있다. 식물이 사람에게 지방을 나눠주려고 애쓰는 건 아니기 때문이다. 생물체에게 지방은 에너지를 가장 효율적으로 비축하는 방법이다. 포도씨유는 포도 씨가, 카놀라유는 유채 씨앗이 발아하는 데 필요한 영양을 담고 있다. 유채 씨앗의 입장에서 자신의 발아와 생장을 위한 지방을 동물에게 빼앗기는 것은 매우 불쾌한 일이다. 그래서 자연 그대로의 유채 씨앗에는 십자화과 특유의 글루코시놀레이트Glucosinolate라는 쓴맛 화합물과 에루크산Erucic Acid이라는 방어 장치가 있다. 에루크산은 유채 씨앗 특유의 지방산으로, 많이 먹으면 동물의 심장 근육에 해를 줄 수 있는 성분이다. 하지만 육종과 작물화를 통해 식물의 독성을 줄이는 법을 배워온 인간에게 이런 것들은 문제가 되지 않았다. 1960년대 캐나다의 농학자들은 유채 종자를 개량해 에루크산과 쓴맛 화합물의 함량을 최소화한 신품종을 만들어냈다. 이 새로운 품종의 유채 씨앗에서 짜낸 기름이 카놀라유다. 말 그대로 캐나다에서 개발한 기름이란 뜻이다(캐나다Canada의 앞 세 글자와 Oil의 변형인 Ola를 합친 이름).

올리브, 새를 위한 과일

포도씨유, 카놀라유, 옥수수유, 콩기름은 모두 씨앗을 짜서 얻는 기름이다. 반면 올리브유는 과육을 짜서 얻는 기름이다. 과일은 그 속에 품고 있는 씨앗과 다르다. 과일의 존재 이유는 먹히는 것이다. 움직일 수 없는 식물로서는 동물이 과일을 먹고 그 씨앗을 멀리 떨어진 곳에 운반해주어야 자손을 여기저기에 퍼뜨릴 수 있다. 잘 익은 과일이 달콤한 맛과 향으로 우리를 유혹하는 데는 나름의 목적이 있다. 그렇다면 올리브는 뭐란 말인가? 사람의 관점에서는 이해하기 어렵다. 올리브는 과일이지만 쓴맛을 내는 폴리페놀Polyphenol 성분 때문에 그대로 먹을 수 없으며 당분보다 지방을 많이 함유하고 있다. 질문의 답을 알려면 새가 되어보아야 한다. 올리브는 새들을 위한 과일이다. 하늘을 날아다니는 새에게 올리브의 지방은 장시간 에너지를 공급하면서도 가벼운 최적의 연료다. 동일한 열량을 탄수화물이나 단백질로 비축하려면 적어도 두 배 이상 무거워진다. 열매를 통째로 삼키는 새들에게는 올리브 과육의 쓴맛은 별문제가 되지 않는다(사람에게는 문제가 된다. 마트에서 생올리브를 찾을 수 없는 건 이 때문이다).

올리브는 나무가 새를 유혹하기 위해 만든 과일이다. 쓴맛의 폴리페놀은 새가 아닌 다른 동물을 쫓아내기 위한 방어 장치다. 물론 그렇다고 물러선다면 인간이 아니다. 고대인들은 올리브를 물에 담그고 발효시켜서 쓴맛을 줄이는 방법을 찾아냈고, 기름을 짜서 올리브의 맛과 영양을 취하는 가공법을 발명해냈다. 상당량의 쓴맛 성분이 수분과 유분을 분리하는 과정에서 제거되므로 갓 짜낸 엑스트라 버진 올리브유는 과하게 쓰지 않다. 다양한 향기 물질들과 특유의 풀 냄새를 내는 지방산 조각들이 독특한 풍미와 아름다운 색깔을 빚어낸다. 올리브유 맛은 재료 본연의 맛 또는 자연의 맛과는 거리가 멀다. 잘 볶은 커피의 맛과 향처럼 우리가 좋아하는 풍미는 적절한 가공을 거친 맛이다(새가 아닌 이상 자연 그대로의 올리브를 즐길 수는 없다).

튀김에도 올리브유

통념과 달리, 올리브유는 튀김 요리에도 적합하다. 2014년 튀니지의 과학자들이 발표한 연구 논문에 따르면 190℃에서 딥 프라잉Deep Frying을 반복했을 때 정제 올리브유가 콩기름, 옥수수유, 해바라기유보다 더 안정적인 것으로 나타났다. 2015년 7월 영국 BBC의 의학 프로그램 <나는 의사다I'm A Doctor>에서도 비슷한 내용의 연구를 진행했다. 실험 참가자들에게 8종의 기름을 주어 가정에서 요리에 사용하고 남은 기름을 대학 연구소로 보내 분석한 것이다. 결과는 마찬가지였다. 기름이 고온으로 가열될 때 생겨나는 유해 알데히드는 해바라기유와 옥수수유에서 제일 많이 검출되어 세계보건기구 권장량의 20배가 넘는 수준이었다. 반대로 유채유, 버터, 거위기름과 올리브유에서는 이들 성분이 매우 적게 나타났다. 카놀라유, 포도씨유, 올리브유에는 불포화지방산이 많이 들어 있다. 포화와 불포화는 지방산 탄소 사슬의 이중 결합을 기준으로 하는데, 이중 결합이 많을수록 불안정하다. 실험 결과에서 보여주듯, 해바라기유와 옥수수유가 고온에 약한 이유는 다중불포화지방산이 많이 들어 있기 때문이다. 그에 반해 포화지방산이나 단일불포화지방산이 많은 올리브유와 유채유는 상대적으로 고온에 더 안정하다. 실험을 진행한 마틴 그루트펠드Martin Grootveld 교수는 해바라기유와 옥수수유도 고열을 가하지 않는 한 안전하지만 튀김이나 가열 조리에는 올리브유를 사용할 것을 권했다.

호사스러운 튀김 요리

그럼에도 불구하고 막상 엑스트라 버진 올리브유를 일반 가정에서 튀김용 기름으로 쓰기란 쉽지 않다. 특유의 맛과 향이 음식에 배는 것도 문제겠지만 무엇보다 튀김이라는 조리법이 내포하고 있는 사치스러움 때문이다.* 단언컨대 튀김은 가장 럭셔리한 음식이다. 집에서 이처럼 재료를 과감하게 낭비하는 조리법은 찾기 어렵다. 조리 과정에서 상당량의 기름이 재료로 흡수되지만, 몇 번의 딥 프라잉 뒤에는 폐식용유가 남기 마련이다. 결국 원래 팬에 부은 기름의 절반 이상을 버려야 한다. 정도의 차이는 있지만 어떤 기름이든 재료를 넣고 가열하는 과정에서 지방

* 신라대학교 이한승 교수는 압착 방식의 올리브유를 튀김에 쓰는 것은 알데히드 외의 다른 유해물질이 생길 수 있어 여전히 바람직하지 않다는 점을 지적했다. 이에 더해 시판되는 엑스트라 버진 올리브유들의 품질에 차이가 있는 것도 문제가 될 수 있다. 발연점이 200~205℃에 이르는 엑스트라 버진 올리브유도 있지만, 160℃ 부근에서 연기가 나기 시작하는 제품도 있다. 국내에서 판매 중인 올리브유 가운데 발연점이 표시된 제품은 극소수에 불과하다.

분자들의 모양이 변하고, 고온에서 일어나는 화학 반응들로 말미암아 유해 물질이 생겨난다. 그루트펠드 교수도 엑스트라 버진 올리브유에 항산화물질이 들어있긴 하지만, 튀김의 열로 인한 산화를 막기에는 부족한 수준이라고 지적했다. 눈에 보이는 찌꺼기를 걸러낸다 할지라도 같은 기름을 계속 반복해 사용할 수 없다. 오래된 기름은 재료에 더 쉽게 스며들어 눅눅한 튀김을 만든다. 기름이 가열되는 과정에서 생겨나는 산화물로 인해 혼탁해지고 오염된 식용유는 결국 버려야 한다. 2008년 기준으로 대한민국의 식용유 소비량은 55만5,000톤이며, 폐식용유 발생량은 27만톤으로 추산된다. 절반을 쓰고, 절반을 버린다. 마트에서 구입하는 다른 어떤 식재료와도 비교 불가다. 올리브유, 포도씨유, 카놀라유, 옥수수유, 콩기름 중 어느 것을 구입하든, 그 용도가 튀김이라면 절반은 버릴 각오를 해야 한다(다행히 요즘은 폐유를 수거해 바이오디젤Bio-Diesel을 만드는 데 이용하기도 한다).

튀김은 프라이팬이라는 기본 도구와 질 좋은 지방이라는 식재료를 전제 조건으로 한다. 남중국과 일부 동남아시아 국가들을 제외하면 대부분의 다른 지역 전통요리법에는 튀김이 없다. 지금은 세계 어디를 가도 흔하지만, 사실 튀김은 '특별한 축제 때나 먹던 음식'이었다. 가까이 조선 시대로만 돌아가봐도 그렇다. 번철이나 솥뚜껑에 기름을 두르고 지진 부침이 명절 상에 오르긴 했지만 기름에 익힌 음식이라곤 그게 전부였다. 프라이팬도 없고, 기름도 모자랐던 시절에 튀김을 상상할 수는 없었다. 딥 프라잉은 로컬푸드의 한계를 분명히 보여주는 조리법이다. 종자를 수입해 국내 공장에서 짠 것이든, 식용유 자체를 수입한 것이든, 절반을 버려야 하는 조리법의 특성상 값싼 기름은 튀김의 필수 조건이다. 지역에서 재배한 식재료가 매력적이긴 하지만, 지역 재료에만 집착한다면 튀김은 불가능하다. 물론 기술적으로는 가능하다. 볶지 않은 참깨를 정제하여 만든 참기름은 발연점이 높아 210~215℃에 이른다. 이 정도면 170~180℃에서 딥 프라잉을 하기에 충분하다. 하지만 그러기에 참기름은 너무 고가의 지방이다. 국산 참깨로 짜낸 참기름은 마트에서 판매되는 엑스트라 버진 올리브유보다 4~5배 더 비싸다. 이런 참기름에 튀긴다면 치킨조차도 호사스러운 음식이 될 것이다.

요즘은 맘만 먹으면 매일 튀김을 먹을 수 있다. 가만히 앉아서 생활하는 사람이 하늘을 나는 새보다 더 많은 양의 지방을 먹으니 비만은 필연적이다. 그래도 튀김의 호사를 누리는 것을 쉽게 포기할 수 없는 사람들을 위해 과학자들은 연구에 열심이다. 재료에 기름 흡수를 줄이면서 바삭한 식감을 내는 구조를 유지하는 방법을 찾기 위해 복잡한 물리, 화학 이론을 응용하는 것은 물론, 심지어 체내로 흡수되지 않는 지방 대체물을 개발한다. 하지만 결국 근본적 문제는 우리가 날마다 축제인 세상에 살고 있다는 것이다. 매년 명절 연휴의 끝자락이면 떠오르는 생각이지만, 축제는 가끔 한 번씩 있어야 즐겁다. 그래도 식욕을 조절하기 힘들다면 기억하시라. 먹기만 해서는 하늘을 날 수 없다.

밀가루의 이면성에 대하여

밀가루의 힘

강력분, 중력분, 박력분. 잘게 쪼개져 부슬부슬한 가루에 무슨 힘이 있다고, 저렇게 종류를 나눠둔 걸까 싶지만 밀가루에는 정말 근육이 숨겨져 있다. 가루에 물을 넣고 개면 근육이 형성되기 시작한다. 반죽을 치대면서 물리적 힘을 가하면 그 근육은 더 튼튼해진다. 다시 반죽을 물에 넣고 전분을 씻어내면 숨어 있던 근육질의 단백질 구조물이 그 모습을 드러낸다. 두 가지 단백질 분자(글리아딘Gliadin과 글루테닌Glutenin)가 물 분자와 뒤섞이며 만들어낸 글루텐이다. 글루텐은 6세기 중국의 국수 제조자들이 처음 발견했다고 알려져 있으며 500년쯤 지난 송나라 때는 이미 널리 알려진 식재료가 되었다. 동물의 근육처럼 수축과 이완이 가능한 이 탄성 좋은 덩어리에 밀가루의 근육(멘진面筋)이란 이름이 붙여졌고, 고기를 대신하는 인공육의 재료로 종종 사용되었다. '빛깔은 발효 우유 같고 맛은 돼지고기, 닭고기보다 뛰어나다'는 내용의 시가 전해 내려올 정도로 당시 중국인들의 글루텐에 대한 사랑은 각별했다.

글루텐을 사랑한 인류

중국인들의 관찰력은 예리했다. 유럽에서 글루텐을 발견한 건 중국보다 한참 뒤인 17세기 이탈리아의 과학자들에 의해서였다. 그들은 새로 발견한 이 물질이 접착제처럼 끈끈하다는 뜻에서 글루텐이라는 이름을 붙였지만 그 물질이 단백질이라는 사실은 알지 못했다. 밀가루 반죽 속의 글루텐이 동물의 근육 속 단백질과 유사하다는 걸 깨닫기까지는 한 세대가 더 걸렸다. 하지만 발견이 늦었을 뿐, 유럽인들도 글루텐을 사랑한 건 마찬가지였다. 그들은 밀이 빵을 굽기에 제일 좋은 곡물이라는 사실을 오랜 경험을 통해 알고 있었다. 밀가루의 성분은 대부분 탄수화물이고 단백질은 10분의 1 수준이지만, 반죽 속에서 공간을 구획 짓는 뼈대는 바로 단백질이다. 밀가루 속 단백질은 반죽 속에서 물과 섞이며 엉겨 붙어서 그물처럼 생긴 글루텐 구조물을 만든다. 계속해서 반죽을 치대면 글루텐은 풍선처럼 얇은 막으로 펴진다. 반죽 속에 넣은 효모에 의한 발효가 진행되면서 점점 더 많은 이산화탄소 기체가 만들어진다. 이때 반죽이 너무 질기면(탄성) 풍선이 부풀어 오를 수 없을 것이고, 반죽이 너무 쉽게 늘어나면(가소성) 풍선이 터져버리는 문제가 생긴다.

이렇듯 글루텐은 가소성과 탄성을 동시에 지니고 있다. 오븐에 익힌 모차렐라 치즈처럼 쭉쭉 늘어나면서도 스프링처럼 제자리로 돌아오려고 한다. 글루텐의 이러한 성질 덕분에 밀가루 반죽으로 만든 빵은 효모가 당분을 발효하면서 만드는 이산화탄소 기체의 압력을 버틸 수 있다. 반죽 속에서 풍선과 같은 이산화탄소 기포가 커져도 터지지 않고 모양을 유지하면서 부풀어 오른다. 잘 구운 빵을 잘라 단면을 들여다보면 무수히 많은 구멍들이 눈에 띈다. 거죽을 뚫고 지나가려는 이산화탄소 기체와 그에 저항한 글루텐이 서로 맞대어 남긴 흔적들이다. 역사 저술가 하인리히 에두아르트 야콥H.E. Jacob은 자신의 저서 『빵의 역사』에서 인류가 밀을 선택한 것은 가장 빵을 잘 구울 수 있는 곡물가루이기 때문이라고 지적한다. 밀이 빵을 굽기에 가장 적합한 원료가 되는 것은 글루텐 함유량이 다른 곡물들보다 훨씬 많기 때문이다. 결국 인류가 밀을 선택한 것은 글루텐 때문이라는 이야기다.

똥배의 원인으로 지목된 밀가루

글루텐의 존재에 대해 처음 듣게 된 건 20년 전쯤 제빵 일을 하던 친구를 통해서였다. "밀가루 반죽 덩어리를 물에 씻으면 작고 끈기 있는 덩어리가 남는데 그게 글루텐이야. 몸에 아주 안 좋은 거지." 그때는 그냥 웃어넘겼다. 당시만 해도 관련 업계에 종사하는 사람을 제외하면 빵이나 국수는 알아도 글루텐의 존재를 아는 사람은 극히 드물었다. 미국의 심장 전문의 윌리엄 데이비스William Davies가 쓴 책 『밀가루 똥배』가 베스트셀러가 되면서 상황은 반전되었다. 그는 밀이 현대인의 건강을 해치고 있으며, 글루텐이 함유된 밀은 통밀이든 정제 밀가루든 모두 독이라는 과감한 주장을 펼쳤다. 신경 장애, 당뇨병, 심장병부터 관절염, 발진, 정신분열증 환자의 망상까지 광범위한 질환이 밀

때문이라는 이야기에 사람들은 흔들리기 시작했다. 데이비드 펄머터David Perlmutter라는 신경과 전문의는 여기에 한술 더 얹어 밀이 뇌를 늙게 만드는 조용한 살인자라는 주장을 담은 『그레인 브레인』이란 책을 냈다. 그는 "글루텐의 문제는 생각보다 훨씬 심각하고, 사회에 미치는 영향은 예상보다 훨씬 크다"고 단언했다.

파장은 컸다. 글루텐의 존재를 알게 된 지금, 글루텐이 들어 있는 음식을 먹으면 복통을 경험한다는 사람의 수는 미국에만 2000만 명에 달한다. 미국인 열 명 중 셋은 글루텐을 피하려고 애쓰며 이들이 레스토랑에서 주문한 글루텐 프리 또는 밀가루 프리 메뉴만 2억인분이 넘는다. 그런데 여기서 잠깐, 글루텐에 대한 지식을 간단히 테스트해보자. 다음 중 글루텐이 들어 있는 곡물은 어떤 것일까?

a 밀 b 호밀 c 보리 d 귀리 e 옥수수

답을 확인하기 전, 호주 모나시 의과대학의 피터 깁슨Peter Gibson 교수의 연구 결과를 살펴보자. 깁슨 교수는 사람들이 글루텐에 정말 민감한지 알고 싶었다. 그는 2011년 실험을 통해 유전 질환이 없는 환자에게도 밀, 호밀, 보리의 글루텐이 속을 불편하게 할 수 있다는 사실을 밝혀냈다(그렇다. 밀뿐만 아니라 호밀, 보리, 귀리에도 글루텐이 들어 있다. 옥수수 하나를 제외하면 전부 위 테스트의 정답이다).

깁슨 교수의 연구 결과는 데이비스가 『밀가루 똥배』를 펴낸 해에 발표되었으니, 그의 주장에 힘을 실어준 셈이었다. 하지만 정말 글루텐 때문이었을까? 다른 변수가 있었던 건 아닐까? 의문을 품은 깁슨 교수는 3년 뒤 자신의 이전 연구 결과를 뒤집는 새로운 연구 결과를 발표했다. 복통을 일으킬 수 있는 유당, 다당류 등의 다른 여러 성분을 철저히 없애고 더 엄격하게 실험을 진행한 결과, 글루텐에 민감하다고 주장한 참가자들이 실제로 글루텐 때문에 속이 불편한 것은 아닌 걸로 드러났다. 참가자들의 복통은 음식 성분의 구성보다는 그들의 기대치에 좌우되었다. 증상의 원인은 밀가루 음식이 아니라 밀가루가 자신에게 해를 준다는 믿음 때문이었던 것이다(귀리에 글루텐이 들어 있다는 걸 알게 된 다음 날, 오트밀을 먹으면 멀쩡했던 배가 하루 사이 아플 수도 있다는 이야기다). 하지만 한번 생겨난 잘못된 믿음을 버리기란 어려운 일이다. 데이비스가 『밀가루 똥배』를 출간한 지 5년이 지난 2015년, 미국의 글루텐 프리 제품의 판매량은 이전보다 갑절로 늘어나 원화로 환산하면 무려 18조원에 이를 것으로 예상된다. 글루텐의 문제는 데이비스나 펄머터의 생각만큼 심각하지 않았지만, 그들이 퍼뜨린 글루텐 괴담이 사회에 미친 영향이 예상보다 큰 것은 분명하다.

밀가루와 다이어트의 연관성

글루텐에 관한 과학자들의 연구는 계속되고 있지만 글루텐이 대중의 건강에 심각한 위험을 초래한다는 데이비스와 펄머터의 주장을 뒷받침할 만한 근거는 나타나지 않고 있다. 오히려 그 반대다. 전문가들의 의견은 유전성 질환인 셀리악병 환자를 제외한 나머지 사람이 글루텐 때문에 걱정할 필요는 없다는 쪽으로 모아지고 있다. 그럼에도 불구하고 밀가루를 적게 먹으니 건강이 좋아졌다고 느끼는 사람들이 있다. 기분 탓이기도 하겠지만 음식 섭취량이 줄어서 그럴 가능성이 더 높다.

하루 세끼 중 한 끼를 밀가루로 먹는 대한민국에서 밀가루를 섭취하지 않기로 결심할 경우, 먹을 음식의 종류는 상당히 줄어든다. 게다가 특정 재료가 들어간 음식을 먹지 않겠다고 결심하며 식단에 주의를 기울이는 것만으로도 섭취 칼로리가 감소할 수 있다. 물론, 농사를 짓고, 밀을 추수하고, 제분을 하고, 빵과 국수를 만들어 먹으며 발전한 문명에 반기를 들고, 글루텐과 밀을 거부할 수 있으며, 원시인처럼 먹는 걸 꿈꿀 수도 있다. 다만, 그 당시 사람들의 평균 수명이 서른을 넘기지 못했다는 사실만큼은 기억하길 바란다. 그러고 보면 우리가 정말 궁금해야 할 것은 원시인 다이어트보다는 빵을 먹으면서 오래도록 건강한 사람들의 비결이다. 사실, 우리 주변에는 그런 사람이 더 많다.

고지방 저탄수화물 다이어트의 위력

소셜 미디어를 통해 보이는 세상은 평온하다. 내 주위에 고지방 저탄수화물 다이어트를 실천하는 사람은 고작해야 한두 명에 불과하다. 마블링 소고기를 버터에 찍어 삼겹살에 쌈 싸먹어도 살이 빠진다고 TV에서 떠들어도 흔들리는 사람은 없다. 한쪽으로 치우치는 극단적 식단으로는 지속적인 체중 조절이 어렵다는 생각에 모두가 동의하는 것처럼 보인다. 하지만 마트는 말한다. 꿈 깨시라. 세상은 흔들리고 있다. 그렇다. 진열대에 국내산 버터는 이미 품절이었고, 프랑스산 발효버터만 겨우 네 통이 남아 있었다. 한 달 전에도, 이번 방문 때도 마찬가지였다. 방송에 소개된 지 몇 달이 지났지만 고지방 저탄수화물 다이어트의 위력은 여전했다.

버터가 인기 있는 이유

버터는 고지방 저탄수화물 다이어트 열풍 속에서 떠오르는 스타다. 맛 좋은 버터를 마음껏 먹을 수 있다는 생각에 이 다이어트에 뛰어드는 사람들도 있을 만하다. 입 안에서 부드럽게 녹는 맛도 일품이지만, 버터를 요리에 사용하면 음식의 풍미를 한 단계 더 끌어올릴 수 있다. 맛과 향기 물질을 녹여 혀의 맛봉오리에 전달하는 역할은 다른 지방과 마찬가지이다. 하지만 버터는 성분 구성이 독특하다. 지방으로만 구성되는 식물성 기름과 달리, 버터는 유지방이 80% 이상이다. 그리고 16% 이하의 수분으로 구성된 액체 성분과 단백질, 탄수화물, 비타민, 미네랄로 구성된 2~4%의 고체 성분(우유 고형분)으로 이뤄져 있다. 버터를 가열하면 수분이 증발하면서 우유 고형분 속의 단백질과 젖당이 반응하여 새로운 맛과 향을 만들어낸다. 이러한 버터 특유의 갈변 반응 때문에 채소, 육류, 생선과 같은 식재료를 버터로 조리하면 표면이 황금빛으로 반짝거리고 풍미가 더 깊어진다. 그러나 우유 고형분의 갈변 반응은 버터가 쉽게 타버리는 단점의 원인이기도 하다. 정제하지 않은 버터는 내열성이 약하여, 가정에서 장시간 육류나 생선을 조리하는 용도로 사용하기가 어렵다. 스테이크를 구울 때 처음에는 식물성 기름을 팬에 두르고 굽다가 나중에 버터를 녹여 끼얹는 것도 버터가 타는 것을 막기 위해서다(기름을 버터와 함께 쓰면 덜 탈까? 많은 요리책에는 그렇게 설명되어 있다. 하지만 틀렸다. 버터를 타게 만드는 것은 고형의 단백질과 당이다. 이들을 걸러내지 않는 이상, 기름을 더한다고 해서 내열성을 높일 수는 없다).

그런데도 미식가의 관점에서 버터 중심의 고지방 저탄수화물 다이어트는 도무지 이해하기 어려운 식단이다. 버터와 가장 잘 어울리는 음식을 머릿속에 떠올려보라. 죄다 탄수화물 음식이다. 빵 조각 위에 버터를 올리고, 따끈한 밥에 버터와 간장을 넣어 비비고, 구운 감자에 버터와 사워크림을 얹어 먹는다. 밋밋한 탄수화물 음식에 버터 특유의 풍미가 더해지면 음식의 맛이 살아난다. 화이트 소스의 대표격인 베샤멜 소스와 우리에게 친숙한 데미글라스 소스의 농후함도 버터와 밀가루로 만든 갈색 또는 흰색의 가루Roux가 더해진 덕분이다. 제빵으로 가면 버터는 더욱 다재다능해진다. 바삭한 파이와 촉촉한 쿠키, 입에서 살살 녹는 케이크는 모두 버터와 설탕, 밀가루의 합작품이다. 버터는 전분질 음식의 오랜 친구였다. 불행히도, 요리와 식문화 속에 담겨 있는 이들의 우정은 고지방 저탄수화물 다이어트로 인해 깨지기 직전이다.

버터로 살을 뺄 수 있을까

고지방 저탄수화물 식단은 과학자의 관점에서도 이해하기 어렵다. 버터와 중쇄지방MCT을 넣어 만든 방탄커피의 경우가 그렇다. 화학적으로 보면 버터는 물방울을 지방이 둘러싸고 있는 형태의 유중수적형Water-In-Oil 에멀젼이다. 주로 지방이니 물과 잘 섞이지 않는다. 반대로 크림은 기름방울을 물이 둘러싼 형태의 수중유적형Oil-In-Water 에멀젼이다. 커피와 제대로 섞기 위해 블렌더가 필요한 버터와 달리 크림은 티스푼만으로도 커피와 타서 마실 수 있다. 버터보다 크림에 당분이 조금 더 들어 있긴 하지만, 지방의 10분의 1에도 못 미치는 적은 양이다.

과학적으로 보면 손쉽게 타 마실 수 있는 크림을 두고 굳이 커피에 버터를 넣어 블렌더로 갈아 마셔야 할 이유가 없다(생산자 입장에서도 이해하기 어려운 건 마찬가지다. 기껏 우유 크림을 기계로 휘저어 알갱이를 만들고 남은 버터밀크를 씻어내고 버터를 만들었더니 그걸 다시 블렌더로 휘저어 크림으로 만드는 셈이기 때문이다). 방탄커피에 함께 넣는 중쇄지방은 어떤가? 이 커피를 판매하는 미국의 IT 기업가 데이브 애스프리Dave Asprey는 중쇄지방이 공복감을 줄이고 포만감을 늘려주면서 대사를 촉진시켜 주는 효과가 있다고 주장하지만, 그야말로 주장일 뿐이다. 중쇄지방의 효과에 대한 연구 13건을 종합 분석한 2015년 연구 결과를 보면, 이로 인한 체중 감량 효과는 기껏해야 0.5kg에 불과하며, 실험 참가자의 수와 실험설계 면에서 보면 그조차도 신뢰하기 힘든 수준이다.

이론은 단순하고 현실은 복잡하다. 누군가 새롭고 특이한 이론을 들고 나오면 미디어는 마치 증명된 사실인 양 스포트라이트를 비춘다. 하지만 그 이론이 정말 믿을 만한 것인지 과학자들이 결론을 내리는 데는 훨씬 더 긴 시간이 걸린다. 고지방 저탄수화물 다이어트가 인슐린 분비를 줄여준다, 지방이 에너지원으로 쓰이는 과정에서 만들어지는 케톤에 추가적인 체지방 분해 효과가 있다는 가설은 매력적으로 들린다(케톤이 뭔지 궁금하다면 네일 리무버로 쓰이는 아세톤을 떠올리면 된다. 진한 발효버터의 향기도 미생물이 버터를 먹고 남긴 디아세틸이란 케톤 덕분이다). 하지만 실제 연구 결과를 종합하면 고지방 다이어트만의 극적인 체중 감량 효과는 허구에 가깝다. 2015년 미국 국립보건원 연구 결과에서는 저지방 식단이 체지방 감량에 고지방보다 도리어 조금 나은 것으로 나타났다. 고지방 다이어트로 체중 감량에 성공한 스웨덴의 사례가 있지 않냐고? 25년 동안 북부 스웨덴에서 14만 명의 남녀를 대상으로 한 관찰 연구 결과를 보면, 2004년부터 2010년까지 스웨덴 사람들의 탄수화물 섭취는 줄고 지방 섭취는 증가했지만, 체중은 꾸준히 증가했다. 언론에서 비춰주는 것처럼 고지방 식으로 살이 빠진 사람이 있었을 거고, 그대로인 사람도 있었을 것이며, 살이 찐 사람도 있었을 거다. 그런데 전체를 놓고 보면, 저지방식이든 고지방식이든 체중은 증가했다. 연구를 이끈 잉게거드 요한슨Ingegerd Johansson은 연구 결과를 다음과 같이 요약했다. "영양과 건강의 관계는 복잡하다. 특정 음식 구성 성분들과 그들 간의 상호작용, 유전적 요인과 개인적 필요와의 상호작용 등이 관련된다."

버터, 어떻게 먹을 것인가

고지방 다이어트의 반대쪽에는 30년 전 안셀 키스가 내세웠던 저지방 식단이 있다. 그는 달걀과 버터를 먹으면 콜레스테롤 수치가 올라가고 그로 인해 심장병에 걸린다는 과감한 주장을 펼쳤고 대중과 미디어는 박수로 화답했다. 하지만 지난 30년간 축적된 과학적 자료는 안셀 키스의 이론이 실제와는 거리가 멀다는 점을 보여주고 있다.

식이조절만으로 콜레스테롤 수치를 조절하기는 어려울 뿐더러, 심혈관계에 미치는 콜레스테롤의 영향도 과거에 이해했던 것보다 훨씬 더 복잡하다는 사실이 밝혀졌다. 단순히 악당으로 치부되었던 지방의 누명이 벗겨진 것이다.

그러나 여기까지다. 동물성 지방이 생각보다 해롭지 않다는 과학적 사실은 동물성 지방을 많이 섭취할수록 건강에 유익하다는 주장의 근거가 될 수는 없다. 악이 아니면 선이 되는 것은 소설 속의 이야기다. 과학은 우리가 하나의 음식 또는 영양 성분의 선악을 가르기 힘든 복잡한 현실 세계에 살고 있음을 보여준다. 글을 쓰면서 시식하고 남은 버터를 조심스럽게 포장지로 감싸 다시 냉장고에 넣었다. 버터는 주변의 냄새를 쉽게 흡수하므로 보관할 때 특히 주의가 필요하다. 이런 버터의 특성을 거꾸로 이용해서 향신료와 허브를 넣어 맛을 내기도 한다. 마늘 버터, 헤이즐넛 버터, 레몬 버터에서 랍스터 버터와 캐비어 버터까지, 다양한 풍미의 버터를 차갑게 식혔다가 조각을 잘라 요리와 함께 낸다. 사실 버터만 먹으면 금방 질린다. 잡식동물인 사람에게 가장 맛있는 버터는 다른 음식과 함께 먹는 버터다. 복잡한 현실 속에서 버터가 우리에게 알려주는 것이 있다면, 그건 아마도 음식은 골고루 먹으라는 교훈일 것이다.

달걀 똑바로 보기

한 소년의 달걀 연구

21세기를 사는 우리는 음식에 관해서 얼마나 과학적으로 생각할까? 잠시 시간을 거슬러 1987년으로 돌아가보자. 강원도 원주시에 사는 한 소년이 달걀을 사오라는 어머니의 심부름으로 가게에 간다. 흰색과 갈색, 두 종류의 달걀이 눈에 띈다. 크기는 같은데 갈색 달걀의 값이 더 비싸다. 투철한 절약 정신으로 무장한 소년의 선택은 당연히 흰색 달걀이다. 하지만 아뿔싸. 자랑스러운 얼굴로 귀가한 소년에게 쏟아지는 것은 질책뿐이다. 갈색 달걀의 노른자가 색이 더 짙으며 또한 짙을수록 영양가가 높다는 어머니의 훈계를 듣고 소년은 다시 가게로 가서 차액을 치르고 흰색 달걀을 갈색 달걀로 바꿔온다. 학교에서 배우기로는 달걀껍데기의 색깔은 유전적으로 품종에 따라 다를 뿐이라고 했는데, 과연 누구 말이 맞는 걸까?

의문을 품은 소년은 친구 두 명과 함께 지도교사의 도움으로 30일간의 연구를 수행한다. 제33회 전국과학전람회에서 입상작으로 선정된 이들 초등학생의 연구 결과는 국립중앙과학관의 데이터베이스를 통해 지금도 열람이 가능하다. 50마리의 닭을 10마리씩 다섯 그룹으로 나누고 사료 배합을 달리해 먹인 후 달걀의 색깔을 관찰했다. 그 결과, 달걀노른자의 색깔은 노란색 외에도 흰색, 붉은색, 검푸른색으로 달라졌지만 영양 면에서는 차이가 없었다(영양 분석은 사료 회사 품질관리실의 도움을 받았다). 당시 초등학교 4학년이었던 연구자들이 내놓은 결론은 다음과 같다. "노른자의 색에 따라 영양가가 많고 적음은 과학적 이론에 적합하지 않으므로 돈을 더 주고 사 먹던 각 가정에서는 돈을 절약할 수 있고 갈색 달걀만을 찾는 선호도도 없어져야 할 것이다."

달걀을 달걀일 뿐

올바른 지적이다. 달걀껍데기의 색은 유전적 배경에 따라 달라질 뿐, 맛이나 영양과는 무관하다. 흰색 달걀을 낳는 품종도 있고 갈색 달걀을 낳는 품종도 있으며, 점이 박힌 달걀을 낳는 품종도 있다. 심지어 푸른색 달걀이나 초록색 달걀을 낳는 품종도 있다. 노른자의 색깔로 달걀의 영양 가치를 판단할 수도 없다. 노른자의 노란색은 크산토필Xanthophyll이라는 색소 때문으로, 이들 색소가 풍부한 모이를 주면 색깔은 더 짙어진다. 루테인Lutein과 같은 노란 색소 성분이 눈 건강에 도움이 된다는 연구들이 있지만, 닭이 사료를 먹고 달걀로 색소의 일부를 전달하기를 기다리기보다는 직접 녹색 채소를 섭취하는 게 더 나은 선택이다. 실제로 루테인은 달걀보다 옥수수에 2배, 시금치에 30배 더 많이 들어 있다.

비타민 E를 강화한 달걀도 있고 엽산 함유량을 높인 달걀도 있다. 마트의 달걀은 '우리는 우리가 먹는 음식이다(You Are What You Eat)'에서 한발 더 나아가 '우리는 우리가 먹는 음식이 먹는 음식이다(You Are What What You Eat Eats)'라는 생각을 반영한다. 하지만 이는 부분적으로만 사실이다. 사료에 특정 성분을 추가하면 달걀에 영향을 주는 것은 분명하나 그 차이는 크지 않다. 비타민 E를 강화한 달걀 한 알에는 아몬드 8알만큼의 비타민 E가 들어 있고, 엽산을 강화한 달걀 한 알에는 쑥갓 20g에 해당하는 엽산이 들어 있다. 달걀은 기본적으로 배아가 병아리로 변하기 위해 필요한 재료를 담은 음식이다. 그래서 달걀에 담을 수 있는 성분의 종류와 양에는 한계가 있다. 자연방사를 하고 유기농 사료를 먹여도 달걀의 구성 성분에는 거의 변화가 없다.

과학적 근거 없는 믿음

나는 내가 먹는 음식이 아니다. 신체의 근육 강도는 내가 먹은 음식이 닭가슴살인지 소고기인지 등의 음식 종류보다는 운동이나 유전자로부터 더 많은 영향을 받는다. 음식은 내 몸의 필요에 따라 잘게 쪼개지고 변형되어서 본래 모습과는 전혀 다른 물질로 바뀐다. 그럼에도 불구하고 음식이 나 자신이라는 생각을 떨쳐내기 어려운 이유는 이 오래된 믿음이 종교적 색채를 띠고 있기 때문이다. 미국 펜실베이니아 대학의 저명한 심리학자 폴 로진Paul Rozin은 어떤 음식을 먹으면 그 음식의 속성이 먹는 사람에게 전달된다는 믿음이 젊은 대학생들에게도 나타남을 보여줬다. 실험 참가자들에게 야생 돼지고기를 주로 먹는 사람들과 자라를 주로 먹는 사람들에 대한 설명을 주고 평가하도록 한 결과, 음식의 속성이 그 음식을 먹는 사람에게 전염될 것이라는 믿음이 드러났다. 돼지고기를 먹는 사람은 돼지처럼 게으르고 폭식을 하며, 자라 고기를 먹으면 자라를 닮아서 느릿느릿한 성격일 거라는 식이다.

일부 사람들이 유정란을 몸에 좋다고 여기는 이유도 비슷한 맥락에서 이해할 수 있다. 생명력을 가진 알을 먹어서 그 활기를 전달받을 수 있다고 믿는다면 아무래도 무정란보다는 유정란이 좋아 보일 것이다. 하지만 그 믿음을 뒷받침하는 과학적 근거는 어디에도 없다. 무정란은 수탉과의 교미가 없이 낳은 달걀이고, 유정란은 정자와 난자가 만나 생긴 수정란이 하나의 배세포에서 수만 개의 세포로 분열된 배반포 단계에서 낳은 달걀이다. 수만 개의 세포라 해봤자 그 크기는 3~4mm에 불과하며 영양 면에서도 두드러진 변화는 나타나지 않는다.

갈수록 멀어지는 생산자와 소비자

30년 가까운 시간이 지났지만 상황은 소년들의 예상과는 정반대로 흘러왔다. 여전히 사람들은 갈색 달걀을 주로 찾았고, 흰색 달걀은 언제부터인가 마트에서 자취를 감췄다. 과학은 소비자의 믿음에 판정패했다. 그와 동시에 생산자도 무시당했다. 사실 농업에서 생산자와 소비자의 지식 차이는 클 수밖에 없다. 노른자의 색깔이 사료의 차이에 불과하다는 것은, 닭에게 직접 모이를 주고 낳은 달걀을 관찰한다면 초등학생도 알 수 있었다. 달걀 생산자라면 당연히 훨씬 더 많은 지식을 가지고 있다. 아마도 그는 달걀은 모름지기 껍데기가 매끄럽고 광택이 있으며 오염되지 않아야 하고, 노른자는 밀도가 높아서 퍼지지 않으며, 쉽게 퍼지는 묽은 흰자보다 두툼한 흰자의 비율이 클수록 좋은 달걀이라는 사실을 인지하고 있을 것이다. 또한 밝은 불에 비춰서 달걀의 품질을 판정하고 신선도를 떨어뜨릴 수 있는 미세한 금도 쉽게 식별해낼 수 있는 사람일 것이다. 달걀 생산자는 1만 개의 구멍이 뚫린 달걀껍데기를 통해 배아가 숨을 쉬기 때문에 냄새가 강한 식품과 함께 두면 좋지 않고, 달걀이 흔들리면 흰자가 묽어져서 신선도가 떨어지니 냉장고 문보다는 선반에 두는 게 낫다는 것쯤도 알고 있을 것이다. 이 모든 것에 앞서 좋은 달걀을 얻는 데는 닭의 방사 여부보다 사육장의 온도와 습도, 산란기에 맞춘 적절한 조명과 사료 배합이 더 중요하다는 사실도 모를 리 없다.

과학의 발전에도 음식에 대한 잘못된 인식이 사라지지 않는 이유는 결국 생산자와 소비자 간의 거리가 오히려 점점 멀어졌기 때문이다. 백 년 전 달걀노른자의 색소가 크산토필이라는 사실을 처음 밝혀낸 미국의 농화학자 레로이 팔머Leroy Palmer는 "겨울이면 시장에서 자주 눈에 띄는 노른자가 옅은 달걀이 불평의 대상이 된다. 특히 도시에서 그렇다"고 말했다. 달걀의 생산 과정에 관심이 없는 당시 도시인들은 투덜댔지만 녹황색 채소가 나는 철이 아닌 겨울에 달걀노른자가 흐린 건 어찌 보면 자연스러운 일이었다. 겨울에 산란을 멈추는 닭에게 조명을 비추고 온도를 조절해서 달걀을 낳게 한 것 자체가 부자연스러운 일이니 말이다.

농산물은 자연과 인공의 하이브리드다. 사과, 배, 감 같은 과일과 배추, 무, 브로콜리 등의 채소가 모두 인간에 의해 개량되고 변형된 종자들인 것처럼 닭도 자연 그대로와는 거리가 멀다. 달걀 생산을 목표로 육종된 산란계가 있고, 고기 생산을 주로 하는 육계가 있다. 한 해 동안 산란계가 낳는 달걀의 수는 그 조상인 야생 닭Jungle Fowl에 비하면 80배 더 많다. 야생 닭도 교미 없이 무정란을 낳을 수 있다. 병아리가 되지 않을 달걀도 있는데 굳이 생명으로 발달할 수 있는 유정란을 골라 먹는다면 그건 단지 무정한 일일 뿐이다. 그래도 자연란을 찾고 싶다면 기억하라. 모든 농산물에는 생산자가 있다.

두부, 시대를 반영하다

출소한 사람에게 왜 제일 먼저 두부를 먹이는지에 대해서는 여러 가설이 있다. 교도소에서 제공되는 음식이 부실했던 시대에 영양 보충을 위해 두부를 줬다는 설이 있지만 신빙성은 떨어진다. 이미 콩밥을 먹고 나온 사람에게 영양 결핍이 있다고 한들 두부로 채우긴 어려울 테다. 그보다는 제액除厄을 뜻하는 액막이를 위한 두부 먹기에서 비롯되었다는 설이 더 설득력 있다. 정월 대보름날 아침에 그해의 액운을 막기 위해 생두부의 한 귀퉁이를 잘라서 먹는 풍습이 감옥에서 나온 사람에게 두부 먹이는 일로 이어졌다는 것이다. 그런 풍속에 대해 알리가 없었던 초등학생 시절, 내가 세운 이론은 다음과 같았다. 차가운 두부는 조금만 먹어도 콩 비린내 때문에 비위가 상한다. 그런 생두부를 한 모나 먹는다면 문자 그대로 치가 떨린다. 다시는 감옥으로 돌아가지 않겠다는 결심을 되새기기에 차가운 생두부만큼 효과적인 음식은 없었을 것이다. 그런 나의 생각은 오늘 두부를 맛보면서 깨지고 말았다. 혀끝에 느껴지는 질감은 부드러우면서도 몽글몽글했고, 완급이 조절된 고소한 맛도 훌륭했다. 뒷맛은 과하게 익혔을 경우 발생하는 특유의 텁텁함 없이 깔끔했다. 이런 두부라면 생으로 먹어도 질릴 리가 없다.

두부의 복고 트렌드

요즘 두부는 예전과는 다르다. 일단 맛이 확실히 나아졌다. 그런데도 막상 요즘 마트를 주름잡는 두부 트렌드는 복고풍이다. 진열대에서 제일 비싸 보이는 두부는 전부 옛날 식으로 만들었다는 제품들이다. 콩, 물, 간수만을 사용하여 두붓발을 세우고, 살짝 엉긴 순두부를 베보를 깐 나무틀에 앉히고 눌러 물을 짜내 굳히는 옛 전통 방식을 따라 만든 '진짜' 두부라는 것이다. 그 '옛날'이란 정확히 언제일까?

고려 시대는 아니다. 그때 두부는 조포사로 지정된 사찰에서나 만들 수 있는 귀한 음식이었다. 양반들이나 절간에 모여 연포탕을 즐길 수 있었던 조선 시대도 아니다(연포탕은 본래 연한 두부와 닭고기를 넣고 끓여 먹는 음식으로 낙지와는 관계가 없었다). 조선 시대 서민층에게 두부는 큰 잔치나 제사 때나 맛볼 수 있는 특별한 음식이었다. 콩의 진액만 응고시켜 두부를 만드는 것이 사치스러운 일이기도 했지만 두부를 만들기가 매우 어려웠기 때문이다. 1925년에 출간된 최서해의 자전적 소설 『탈출기』를 보면 근대에 와서도 두부 제조가 얼마나 지난한 일이었는지 알 수 있다. 그는 두부 제조에 성공할 때도 있었지만, 두붓물이 희멀끔해지고 기름기가 돌지 않으면 응고가 제대로 되지 않아 두부 제조에 실패할 때도 종종 있었고, 그때마다 온 집안이 비통함에 잠겼다고 기록했다. 왜 실패했을까? 그가 쓴 콩의 품종이나 단백질 함량 때문이었을 수도 있고, 콩이 오래된 것이라 단백질 성분이 물에 잘 녹아나지 않아서였을 수도 있다. 두유 응고는 두부 제조에서 가장 복잡하고 숙련된 기술을 요구하는 단계로, 콩의 품종과 품질, 단백질 함량, 두유를 끓이는 온도, 두유의 농도, 부피 등 13가지 이상의 요소가 어우러져 만들어내는 합주곡이기 때문에 변수가 많다.

과학과 함께 발전한 두부 제조법

두부는 분자 요리의 원조다. 두유 속의 단백질과 지방이 엉겨서 만들어내는 그물 같은 입체 구조는 오늘날 분자 요리에 종종 등장하는 알긴산 구체보다 훨씬 더 복잡하다. 이 과정에서 콩은 좀 더 소화하기 좋은 음식으로 변모한다. 아직도 가끔 날콩이 몸에 좋다는 주장이 들리지만, 콩을 날로 먹으면 얻게 되는 것은 복통뿐이다. 날콩에는 소화를 방해하는 항영양인자가 들어 있어 충분히 익히지 않으면 장염과 비슷한 증상을 일으킨다. 콩을 가열 조리하면 이들 성분은 무력화된다. 하지만 장내 가스를 만들어내는 올리고당 성분은 그대로 남는다. 때때로 빈속에 두유를 마시면 가스가 차는 것은 이 때문이다. 반면, 물에 녹은 올리고당을 비지와 함께 제거해 만드는 두부는 더 부드럽게 소화된다. 두부에는 콩의 영양을 효율적으로 흡수하면서도 맛을 즐기기 위해 인류가 찾아낸 지혜로운 기술이 담겨 있다. 두부는 과학이다. 그러니 과학 기술이 발달할수록 두부가 더 맛있을 수밖에 없다.

음식에 관한 한 고정불변의 전통이란 존재하지 않는다. 역사 기록을 살펴보면 음식을 만드는 방법은 상황과 환경에 따라 끊임없이 변화를 거듭했고, 그 과정에서 이전의 전통과 관례가 부서지는 일도 많았다. 두부를 만드는 방법도 그렇다. 『문종실록』에는 정효강이라는 관리가 염전의 위생을 우려하여 소금에서 얻은 간수 대신 산수(신맛이 강한 물)를 쓰자고 상소를 올린 이야기가 나온다. 실제로 그 당시 두부 응고제는 소금에서 녹아나온 간수를 쓰는 게 관례였는데 염전을 소로 갈아서 배설물이 섞인 바닷물로 소금을 굽다 보니 정결함과는 거리가 멀었다. 문제를 확인한 문종은 이후 두부를 만들 때는 산수를 쓰도록 했다. 종묘 제례에 사용할 두부에 조금이라도 오물이 들어가는 것을 막고자 했던 것이다. 천일염이나 해수를 천연응고제를 사용했다며 뽐내는 요즘 두부 가운데 조선 왕실의 인정을 받을 수 있는 제품은 하나도 없는 셈이다(오늘날로 치면 산수는 해수보다 신맛의 화학응고제에 가깝다).

두부 포장 라벨의 '옛날'이란 단어가 정말 옛날 방식을 뜻하는 건 아니다. 압력을 점점 센 강도로 높여가며 누르는 기존 방식 대신, 제조 기계를 통해 일정한 압력으로 서서히 탈수시켰다는 의미다. 어떻게 보면 무늬만 옛 두부인 게 그나마 다행이다. 사람이 큰 돌을 들고 나무틀 위에 올라가 물을 짜냈던 옛 방식을 고집한다면 조선 시대의 두부처럼 만들자마자 금세 쉬어버릴 테니 말이다. 요즘 두부는 냉장고에서 2주일도 거뜬하다. 생산 과정에서 균의 오염을 철저히 막아 단단히 포장한 후 냉장 유통하기 때문이다. 전통에 집착하지 않고 끊임없이 제조 방식을 개선한 결과다. 선택의 폭도 넓어졌다. 원료만 봐도 종류가 다양하다. 일반 수입산 콩부터 유기농 수입산 콩이 있고 국내산 콩에 원산지를 표시한 제품도 있다. 검은콩으로 만든 것도 있고 발아한 콩을 쓴 제품도 있다. 하지만 두부의 용도는 단조로움 그 자체다. 대한민국 두부는 거의 대부분 찌개용 아니면 부침용이다. 가끔 찌개용을 샀어야 했는데 부침용을 샀다며 한탄하는 소리도 들리지만, 단단한 정도가 약간 다를 뿐이지 그 차이는 크지 않다. 그 정도 차이는 조리법으로 충분히 상쇄할 수 있다.

다양한 문화 안에서 변모하는 두부

기름을 두르고 팬에 구우면 두부의 맛이 달라진다. 두부의 대부분은 물로 되어 있으므로 가열로 두부가 뜨거워지면 내부의 수분도 함께 끓는다. 이때 만들어지는 공기 방울 때문에 두부 속에는 구멍이 생긴다. 수분이 증발하면 그만큼 응고제 농도가 높아져 두부가 더 단단하게 굳는다. 같은 이유로 된장찌개에 두부를 넣고 너무 오래 끓이면 구멍이 뚫리고 쪼그라든다. 부드러운 식감을 좋아하는 나 같은 사람에게 팬에서 과잉으로 익힌 두부는 최악이다. 달걀옷을 입혀서 수분 증발로 인한 질감의 변화를 줄이거나 또는 딥프라잉으로 튀기면 겉은 바삭하고 속은 부드럽게 만들 수 있다. 부침용 두부라도 찌개를 다 끓인 다음에 살짝 익히면 충분히 부드럽게 맛볼 수 있다.

재료에 따라 맛과 식감이 크게 달라지기도 한다. 북미의 마파두부에는 부드럽게 녹는 연두부가, 우리식 마파두부에는 좀 더 단단한 두부가 들어간다. 가내수공업이 주류인 중국에서는 판두부가 주로 쓰인다. 같은 중국에서도 지역에 따라 마파두부의 레시피가 다르다. 하지만 완전무결한 단 하나의 두부나 그 조리법이 존재하는 건 아니다. 중국 요리의 대가 여경래 셰프의 말처럼 무엇이 더 맛있다기보다는 모두 장단점이 있다. 정답이 있다고 여기면 다양성은 존재하기 어렵다. 내 선호도와는 별개로, 송송 구멍 뚫린 두부도 매력적이다. 중국의 경우 얼렸다 녹였다를 반복해서 스펀지처럼 만든 동두부를 훠궈 재료로 즐겨 먹는다. 우리 것이 최고라는 문화적 우월감으로 다양성을 가로막는 건 미식의 즐거움을 반감시키는 일이다.

마트의 두부는 점점 더 다양해지고 있다. 간식이나 아침 식사 대용으로 떠먹는 두부도 있고, 호박이나 감자와 함께 으깨어 만든 샐러드 두부도 있다. 생선살과 두부를 섞어 어묵 소시지처럼 가공한 두부도 있다. 중국과 교류가 활발해지고 이민자가 유입되면서 두부피와 포두부의 소비도 조금씩 늘고 있다. 한국 사회의 폐쇄성을 우려하는 목소리가 점점 커지는 가운데, 참 다행스러운 현상이다. 그러니 마트의 두부가 아무리 전통을 강조할지라도 두부는, 두부만큼은 옛날로 돌아가지 않길 바란다.

봄나물 향에 대한 고찰

향기가 말하는 식문화

한식에 향이 있는지 의문이 들었던 적이 있다. 어느 나라 음식이건 유독 대한민국에 들어오면 향이 죽는다는 점에서 나온 궁금증이었다. 생각해보면 캐나다에서 맛본 중국 음식의 향에 비해 한국식 중국 요리에서는 별다른 향이 느껴지지 않았고, 베트남 음식의 경우도 크게 다르지 않았다. 한국에서 맛보는 이국의 음식은 마치 향이 거세된 것처럼 사그라진 느낌이 불편했다. 맛은 어느 정도 살아남더라도 향의 진폭은 크게 줄어든다. 왜 그래야 할까. 된장과 고추장, 간장의 강한 양념 맛에 익숙하기 때문일 거라는 게 내 나름의 추측이었다. 하지만 봄나물을 맛보며 생각이 달라졌다. 방풍나물과 취나물, 씀바귀는 각각 데쳐서 무쳤다. 쑥으로는 국을 끓이고 세발나물과 달래는 날것 그대로 양념에 버무렸다. 냉이의 절반은 데쳐서 무치고, 나머지는 국을 끓였다. 나물을 가득 올린 식탁은 푸른빛과 향기가 감도는 들판 같았다. 한 젓가락 입에 넣고 씹을 때마다 파릇한 풀냄새가 후각 세포를 자극하며 봄을 알렸다. 맛은 단순하지만 향은 복잡하다. 방풍나물이나 취나물이나 모두 쌉싸름하지만 향은 전혀 다르다. 취나물을 오래 씹다 보면 쓴맛과 함께 견과류의 고소한 향이 느껴지지만, 방풍나물에서는 쓴맛과 단맛 사이로 귤껍질과 박하를 뒤섞은 듯한 향기가 올라왔다. 미묘하게 서로 다른 봄나물의 향에 취했다. 이렇게 은은한 풍미의 나물을 즐겨온 민족이라면 강한 향의 음식을 싫어할 수도 있겠다는 생각이 들었다.

음식의 향에 대한 선호가 학습된 것이라는 주장에 따르면 한 식문화에서 익숙한 음식의 향을 좋아하고, 반대로 생소한 향을 싫어하는 현상은 충분히 가능한 일이다. 심지어 엄마 배 속에서 어떤 음식을 맛봤는지에 따라서도 냄새 선호가 달라질 수 있다. 미국 모넬 화학감각연구소의 연구 결과에 따르면, 엄마가 임신 중에 마늘을 먹거나 담배를 피우면 그 자녀는 (누구나 좋아한다는) 바닐라 향보다 마늘과 담배의 향을 더 좋아하게 될 수도 있다. 일찌감치 베트남 국수를 맛본 나와 달리 내 아버지가 고수 향이 난다며 베트남 국수를 싫어하는 이유는 유전자의 차이라기보다 문화의 차이다.

봄나물의 향이 옅어진 이유

모든 나물이 다 만족스럽진 않았다. 매번 봄이 올 때마다 느끼는 것이지만 냉이의 향은 매년 점점 더 약해지고 있는 듯하다. 초등학생 시절 된장국 속 냉이의 향에 반해버린 이후, 봄이면 냉이 된장국을 찾는 게 연례행사가 되었지만, 언젠가부터 봄 냉이에서 예전 같은 향이 느껴지지 않는다. 쑥도 마찬가지다. 전보다 향이 흐려졌다. 환경이 변했기 때문이다.

쑥과 냉이 같은 식물 속에서 향을 내는 화합물은 식물의 생존에 반드시 필요한 물질이 아니다. 생존에 중심적 역할을 하는 1차 대사물질에 비해, 향기물질은 식물의 성장과 번식에 직접 관련되지 않으므로 2차 대사물질이라고 부른다. 식물 입장에서 향기물질을 만들 것이냐 말 것이냐는 환경에 따라 달라진다. 척박한 환경이나 해충에 맞서 싸워야 할 때는 향기물질이 많이 필요하지만 온실 속 식물처럼 안락한 환경에서야 굳이 향기물질을 만드는 일에 에너지를 쓸 일이 없다. 봄에서 여름으로 시간이 흐르면 그제야 냉이와 쑥의 향기가 진해지겠지만 동시에 더 질기고 단단해져서 먹기 힘들게 될 터다. 그러고 보면 요즘에는 사람들만 여유가 생긴 게 아니다. 온실 속 봄나물도 여유만만하다.

20~30년 전에는 냉이의 향기가 어땠냐고 물어본다면 대답하기 어렵다. 냄새를 정확하게 묘사할 어휘가 모자라다. 한국어에서만 그런 것은 아니다. 냄새의 심리학에 대한 연구로 유명한 레이철 허즈Rachel Herz는 자신의 책 『욕망을 부르는 향기』에서 "이제까지의 연구를 보면, 어떤 언어든 후각 경험에만 한정해서 사용되는 말은 다른 감각 경험에 한정되는 말보다 훨씬 적다"는 점을 지적한다. 후각은 감정과 바로 연결되는 감각이다. 기분 좋은 냄새가 있고 기분 나쁜 냄새가 있지만, 불행히도 구체적으로 그 냄새를 묘사하는 데 사용할 수 있는 어휘는 한정적이다. 봄나물의 향은 존재하지만, 그 향을 포착하고 언어적으로 표현하는 것은 난이도를 요구하는 일이다. 그러나 그 지난한 작업이 이뤄져야 비로소 식문화에 깊이가 더해진다.

음식과 건강에 대한 문제

봄이면 방송에서 난리다. 냉이에는 비타민, 단백질, 칼슘이 많고, 달래는 비타민 C와 칼륨이 많다. 이뇨 작용이 있다는 봄나물도 있고, 동맥경화를 예방한다는 봄나물도 있다. 음식의 맛보다 효능을 먼저 논하는 것은 제법 오래된 전통이다. 82년 전에도 그랬다. 1935년 3월 27일자 <동아일보> 기사는 당시 사람들이 봄이면 제일 흔하게 먹는다는 시금치의 조리법을 소개하면서, 먼저 시금치의 효능을 논하고 있다. 시금치를 많이 먹으면 비타민을 섭취하게 되어 변비에 좋다는 이야기는 인과 관계가 정확지는 않으나 아주 틀린 이야기는 아니다. 하지만 이런 식으로 특정 음식의 효능을 따져 가려 먹는 게 건강에 도움이 된다고 보기는 어렵다. 냉이에도 비타민 C와 칼륨이 들어 있고, 달래에도 칼슘이 들어 있다. 칼륨과 칼슘이 풍부한 것은 진녹색 잎을 가진 식물의 특징이다. 베타카로틴과 비타민 K를 섭취하기 위해 냉이와 달래만 먹어야 할 이유도 없다. 시금치와 쑥을 먹어도 충분하다. 채소를 많이 먹으면 건강에 유익하다는 것은 분명한 사실이지만, 방송에서 특정하는 채소를 먹는 게 건강에 더 유익하다는 데는 희미한 근거조차 존재하지 않는다.

몸에 좋다는 봄나물을 한껏 먹고 기분이 좋았지만, 이내 속이 거북해지기 시작했다. 배에 가스가 차고, 트림이 올라왔다. 한번에 지나치게 많은 섬유질을 섭취한 탓이다. 누군가는 밀가루를 먹으면 글루텐 때문에 속이 답답하다고 이야기하지만, 그에 대한 과학적 근거보다는 채소의 과잉 섬유질 섭취가 일으키는 부작용이 더 많다. 그렇다고 이 정도의 소화불량 증상이 건강에 심각한 영향을 끼치는 것은 아니다. 조금 불편하긴 했지만, 장 건강에는 도움이 될지도 모른다. 적당히 먹는 음식은 약도 아니지만 그렇다고 독도 아니다. 바라보는 관점에 따라 음식에 대한 평가가 달라질 뿐이다. 우리 음식으로 간주하는 봄나물에 대해서는 칭송뿐이고, 외국에서 들어온 음식으로 간주되는 밀가루에 대해서는 음모론이 횡행한다.

봄나물 요리의 마무리는 원추리나물로 했다. 데쳐서 물에 담갔다가 건져낸 원추리를 보니 중국식 청경채볶음이 생각났다. 기름을 두르고 굴소스를 넣어 볶았더니 제법 그럴듯했다. 이렇게 먹는 원추리나물은 분명히 음식이다. 하지만 그대로 먹는 원추리는 독이다. 원추리에는 콜히친Colchicine이라는 물질이 들어 있어서 이 성분을 제거하지 않고 먹다가는 구토, 복통, 설사와 같은 증상으로 고통을 겪을 수 있다. 독성을 충분히 제거하지 않고 먹는 원추리는 봄철 식중독의 주요 원인 중 하나다. 반대로 뒤집으면 그 독 성분은 약이 된다. 실제로 콜히친은 급성 통풍이 있는 사람의 고통스러운 증상을 완화하는 데 종종 사용되는 약이다. 다만 부작용 문제로 인해 조심스럽게 써야 하는 약이다. 자연에 약이 되는 식물은 존재하며, 우리가 흔히 먹는 봄나물에도 약효 성분이 들어 있는 것은 사실이다. 하지만 약과 독은 동전의 반대면이다. 무엇인가를 음식으로 먹는다는 것은 독성을 제거하고 먹는다는 의미이며, 그와 동시에 약으로써의 성질도 사라진다. 천연의 원추리에도 콜히친 알약과 똑같은 부작용과 독성이 있다. 천연이니까 몸에 좋을 거라는 생각은 원추리 식중독을 경험하기 전에 버리는 게 좋다.

82년 전 신문 기사는 조리법에 대한 이야기로 이어진다. 채소를 조리한다는 것이 "극히 간단해서 국을 끓이거나 무쳐서 나물을 해먹거나 한다. 좀 더 생각을 해서 다른 방법으로 해먹을 수 있을 것을 연구"하는 것이 마땅하다는 것이다. 시금치토장국 대신 맑은장국과 기름에 지진 두부를 넣은 시금치탕 요리법에 대한 소개가 이어진다. 아직도 음식의 약효가 더 궁금하고, 아직도 국과 무침과 나물뿐인 세상에 살아서일까. 82년 전 신문 기사의 시금치 속 비타민이 변비를 치유한다는 논리에는 헛웃음이 나오지만, 요리법만큼은 지금 봐도 참신하다. 냉장고 속 시금치를 꺼내서 한번 따라 해봐야겠다.

음료에 관하여

食
探

그릭 요구르트의 정통성에 관한 담론

정통은 없다

광고 속에는 진실이 숨겨져 있다. 요즘 TV를 켜면 자주 눈에 띄는 그릭 요구르트 광고를 보자. 그리스 원어로 "이네 토 야우르티 스트라기스토?"라는 대사가 두 번 나온다. 의미를 알 수 없는 시청자들을 위해 곧 한글 자막이 이어진다. "그 그릭 요구르트 짰습니까?" 오역이다. 올바른 번역은 "그 요구르트 짰습니까?Is The Yogurt Strained?"이다. 원문에는 그리스를 가리키는 말이 들어 있지 않다. 그리스에는 그릭 요구르트가 없기 때문이다. 모 방송사의 프로듀서는 정통 그릭 요구르트 만드는 방법을 배우겠다며 그리스까지 날아가는 법석을 떨었지만, 정통 그릭 요구르트는 아예 존재하지 않는다. 면 보자기나 고운체에 물기를 뺀 요구르트가 있을 뿐이다.

그리스 사람들만 그런 요구르트를 먹는 것도 아니다. 체에 거른 요구르트는 터키, 레바논, 이집트, 인도에도 있다. 누가 원조인지 따질 정도로 만들기가 복잡하거나 정교한 기술이 필요한 음식도 아니다. 솜씨가 없어도 누구나 손쉽게 만들 수 있다. 유산균 덕분이다. 유산균은 우유 속의 당분을 발효시켜 시큼한 맛의 산으로 바꾼다. 산성 환경에서 카제인 단백질은 서로 엉겨 스펀지 같은 구조물을 만든다. 그 속에 무게로 치면 25배나 더 무거운 액체 성분이 잡혀 있는데, 이걸 유청이라고 부른다. 구조물이 그리 단단하진 않아서 조금만 충격을 가해도 유청이 흘러나온다. 요구르트를 한 스푼 떠먹고 나면 그 자리에 물이 고이는 것은 이런 이유에서다. 요구르트를 체에 거르면 물에 녹아 있는 유당도 함께 빠져나가 당분이 줄어들고 상대적으로 단백질 함량이 높아진다. 이때 지방 함량도 높아지는데, 지방은 물과 친한 사이가 아니라서 물이 빠져나갈 때 그대로 남는다. 짜낸 요구르트는 단위 무게당 지방 함량이 일반 요구르트의 2배나 된다. 그리스나 터키에서는 이것이 문제가 되지 않는다. 이들은 그릴에 구운 고기를 즐겨 먹는데, 물을 짜낸 요구르트로 만든 진한 차지키Tzatziki소스는 여기에 딱 맞는다. 기름이 빠져나가 퍽퍽해진 구운 고기에 차지키소스 속의 지방이 더해지면 맛이 살아나는 셈이다.

중요하지 않은 세균 수

마트에 진열된 그릭 요구르트는 저마다 정통을 자부한다. 모두가 고단백을 주장하고 일부는 저지방을 내세우기도 한다(원유 대신 저지방우유나 탈지유를 섞어 만들면 저지방이 되지만 지방이 빠진 만큼 질감이 뻑뻑하다. 이를 보충하기 위해 변성 전분이나 펙틴을 추가한다). 그리스 사람들의 식탁과는 다른 맥락이다. 우리에게 요구르트는 고기와 채소에 곁들여 맛을 더하는 음식이 아니라 간식 또는 디저트다. 잼을 더한 제품이 출시되고 나서야 비로소 요구르트를 받아들인 미국인들처럼 우리 역시 달콤한 요구르트를 선호한다. 요구르트는 건강을 생각해서 먹는 보충제이기도 하다. 제품 포장지에 억 소리 나는 세균 수를 표시하는 것도 요구르트의 건강 이미지 때문이다. 하지만 그것이 정말 의미 있을까? 그렇지 않다.

몸의 관점에서 보면 음식의 세균은 골칫거리다. 유익균인지 유해균인지는 중요치 않다. 일단 없애야 안전하다. 음식을 삼키면 위는 제일 먼저 세균을 죽이는 일을 한다. 대부분의 효소도 단백질이라 산성 환경에서는 제대로 작동하기 어렵다. 그럼에도 불구하고 굳이 위산을 분비하고, 강한 산성에서 잘 작동하는 단백질 소화효소인 펩신을 내놓는 것은 우선 세균을 멸절시키기 위해서다(세균의 주성분도 결국 단백질이다). 요구르트에 들어 있는 유산균 수가 몇백억 마리라 해도 소화 과정에서 위산과 담즙산에 대부분 죽기 때문에 건강한 성인에게 미치는 영향은 크지 않다. 설사 유산균 100억 마리가 살아서 장까지 간다 하더라도 마찬가지다. 우리 몸에는 이미 100조 마리의 세균이 터를 잡고 있다. 전부 다 살아남아도 1만 대 1의 싸움을 펼쳐야 하는 셈이다. 그러나 중요하지 않다. 세균이 살아남든 말든, 차지키소스로 뿌리든 식사의 끝을 장식하는 달콤한 디저트로 맛보든 간에 영양과 맛이 풍부한 요구르트를 먹는다는 건 즐거운 일이다.

집에서 만드는 요구르트

직접 만들어보면 즐거움은 배가된다. 방치해둔 우유가 발효되어 만들어진 시큼한 요구르트를 제일 처음 발견한 사람이 누군지는 알 수 없지만, 세계 여러 지역에서 요구르트는 원래 집에서 만들어 먹는 것이 전통이었다. 복잡한 장치나 특별한 종균 없이도 가능하다. 마트에서 사온 플레인 요구르트를 우유에 조금 넣고 잘 섞어서 적당히 따뜻한 곳에 예닐곱 시간 동안 두면 된다. 시간에 따라 발효 정도를 조절할 수 있으니 시큼한 맛이 덜한 요구르트를 입맛에 맞게 즐길 수 있다. 우유로 직접 요구르트를 만들어 먹으면 비용도 적게 든다. 대체로 요구르트가 같은 양의 우유보다 2배 정도 더 비싸기 때문이다. 그러면 집에서 만든 요구르트의 세균 수는 얼마나 되냐고? 그건 알 수 없고, 알 필요도 없다. 모르고 먹는 게 정통이다.

주스와 냉장 기술의 공생

살다 보면 냉장고를 부탁할 일은 많지 않다. "냉장고야 부탁해"가 현실이다. 식욕이 왕성한 고등학생은 집에 오면 제일 먼저 냉장고 문을 열어본다. 혼자 밥 먹기의 달인이라도 기본 아이템인 냉장고가 없으면 먹고살기 힘들다. 우리의 식탁에 오르는 많은 음식이 냉장과 냉동 기술을 기반으로 한다. 그리고 그 정점에 주스가 있다. 실온에 보관하는 과일 주스도 냉동을 거친 것이다. 미국과 브라질에서 수확한 오렌지의 과즙을 농축하여 배에 싣고 가져오려면 한 달 이상이 걸리는데, 이때 변질을 막으려면 영하 18℃ 이하의 냉동 보관은 필수다. 이렇게 농축된 과즙에 다시 적당량의 물을 타서 원래 농도로 되돌리면 100% 오렌지 주스가 되는데 농축액을 환원하는 과정에서 혹시라도 유입된 미생물을 제거하기 위해 고온으로 살균 처리해야 한다. 문제는 가열이다. 우리는 냉장에 관대한 반면 가열에는 민감하다. 냉장이 영양소를 보존하는 기술이라면 가열은 비타민을 파괴하는 기술로 간주한다. 농축 환원 주스부터 초고압 처리 주스까지, 과일 주스의 역사는 냉장과 가열 사이의 갈등을 축으로 하는 한 편의 드라마다.

주스 가공의 역사

이야기는 20년 전 냉장 주스의 등장과 함께 시작되었다. "과일을 삶아 드시겠습니까"라는 공격적인 카피 문구는 우리가 마시는 과일 주스가

실은 가열된 것임을 폭로했다. 실내 온도에서 2년간 보관할 수 있는 이유가 98°C에서 10초간 고온 살균한 덕분이었다니. 사람들은 흔들렸다. 그리고 냉장 유통 주스가 새로운 주연 배우로 떠올랐다. 얼마 지나지 않아 또 다른 풍문이 돌기 시작했다. 냉장 유통 주스는 무늬만 냉장이었고 사실은 원액을 농축하는 과정에서 이미 가열을 거친 것이었다는 이야기였다. '그럼 그렇지. 어쩐지 고온 살균 주스 맛과 별 차이가 없었어.' 팬들은 실망에 찼다. 바로 그때 NFC 주스가 화려하게 무대에 올랐다. 농축시키지 않은 오렌지 생과즙을 넣었다는 NFC 주스의 등장에 사람들은 환호했다. '드디어 우리도 생오렌지로 갓 짠 주스를 맛보게 되었구나.' 하지만 드라마는 계속 이어졌다. 이번에는 NFC 주스의 거짓 경력이 들통나고 말았다. 대한민국의 NFC는 '비농축Not From Concentrate' 주스가 아니라 약자만 같을 뿐 '새롭고 신선한 냉장New Fresh Chilled'이라는 듣도 보도 못한 신종 교배였던 것이다. 농축 과즙 환원 방식의 주스에 5%도 안 되는 비농축 과즙을 소량 넣은 주스가 감히 NFC 주스 행세를 하다니. 대중은 분노했다. 우리에게 진짜 NFC 주스를 달라!

몇 년 뒤 비농축 과즙만을 사용한 진정한 NFC 주스가 모습을 드러냈다. 하지만 이미 늦었다. NFC 주스 역시 가열해서 만든다는 사실이 드러난 것이다. 비교적 낮은 온도에서 가열한다는 사실은 중요치 않았다. 가열이 모든 영양소를 파괴하지 않으며, 어떤 성분은 열을 가하고 나면 더 잘 흡수된다는 사실도 중요치 않았다. 소비자의 눈에는 끓이든 데우든 가열은 가열이다. 열을 가하면 신선함과는 거리가 멀어진다. 대중은 새로운 스타의 탄생을 기다렸다. 그리고 마침내, 초고압 처리 주스가 등장했다. 착즙한 주스에 열 대신 강한 압력을 가해 효소와 미생물을 잠재운 것이다. 효소나 미생물이 활동하려면 단백질로 만들어진 복잡한 구조물이 유지되어야 한다. 엄청나게 강한 압력을 가하면 덩치 큰 구조물은 파괴된다. 비타민과 같은 영양 성분은 사이즈가 작고 구조도 비교적 단순해서 압력을 버티고 살아남는다. 열 대신 압력을 이용해서 단백질 구조를 붕괴시키는 초고압 처리는 식품 가공 기술의 첨단이다. 과일 주스는 가공식품이다. 그냥 가공식품이 아니라 식품 가공 기술의 정점에 오른 가공식품이다.

주스는 당분 음료

초고압 처리법으로 만든 주스는 가격도 제일 비싸다. 200ml 작은 병의 가격이 농축 환원 주스 1.5L 한 병과 맞먹는다. 건강을 위해 마시는 음료이니 비싼 가격을 감수하고 초고압 처리 주스를 마셔야 할까. 현대인의 건강을 위협하는 적은 결핍이 아니라 과잉이다. 과일 주스는 과잉이 되기 쉬운 음식이다. 오렌지 주스 한 잔에 무려 각설탕 8~9개 분량의 당이 들어 있다. 미국, 캐나다, 호주 등 각국 정부가 나서서 과일 주스 섭취를 제한하도록 권고하는 것도 주스 속의 당 때문이다. 수확 후 24시간 내에

착즙한 초고압 처리 주스도 본질은 같다. 주스는 당분 음료다.

기술은 빠른 속도로 진보한다. 몸은 그렇지 않다. 인간의 신체는 과일 그대로를 먹는 데 최적화되어 있다. 오렌지 2개를 먹는 데 걸리는 시간과 주스 한 잔을 마시는 데 걸리는 시간 차만큼 주스와 과일의 소화도 다르게 진행된다. 과일 속의 당분은 단단한 식물 세포벽 안에 붙잡혀 있어서 흡수가 느리다. 주스의 당분은 빠르게 흡수된다. 혈중 포도당 수치가 급속도로 상승하면 우리 몸은 많은 양의 음식이 들어올 것을 기대하여 과잉의 인슐린을 내보낸다. 이로 인해 저혈당이 생기면 다시 식욕이 돋는다. 빈속에 과일 주스를 마시면 더 배고파지는 건 이런 이유에서다. 과일 주스처럼 혈당치를 빠르게 상승시키는 음식을 당 지수가 높은 음식이라고 하는데, 이런 음식을 많이 먹으면 비만과 당뇨의 위험이 증가한다.

건강에 좋다는 오랜 믿음

건강 때문이라면 굳이 초고압 처리 주스를 마실 이유가 없다. 하지만 주스가 건강에 좋은 음식이라는 관념은 바꾸기 어렵다. 즙이 건강에 유익하다는 생각은 오래된 믿음이다. 18세기 파리에서 원래 '레스토랑'이란 말은 음식을 맛보는 장소가 아니라 닭이나 쇠고기 육수를 의미했다. 이후 레스토랑은 고기 육수를 먹는 곳을 거쳐 현대의 레스토랑으로 변모했지만, 건강에 좋은 즙이라는 원래의 의미는 오늘에까지 이어지고 있다. 세계 유수의 파인다이닝 레스토랑들은 과일 주스를 샷 글라스에 내놓는다. 덴마크 코펜하겐의 레스토랑 노마에서는 와인 대신 주스 페어링을 선택할 수도 있다. 오래된 전통의 새로운 해석이다. 시대의 흐름에 맞춰 육즙이 과즙으로 변하긴 했지만, 현대의 레스토랑에서 내놓는 주스와 18세기 파리의 레스토랑에서 내놓은 고기 수프에는 같은 뜻이 담겨 있다. 주스라는 액체 음식이 사람의 원기를 건강하게 회복시켜줄 거라는 믿음이다. 샷 글라스에 담긴 적은 양의 주스가 해로울 리 없으니 아주 틀린 생각은 아니다(그렇다고 과일 주스로 해독한다는 생각은 무리다. 해독은 간과 신장이 하는 일이지 으깨진 과일 세포에 의존할 일이 아니기 때문이다).

주스 만들기의 기술

레스토랑 테이블에 당당하게 자리한 주스 잔 속에는 재미있는 사실이 하나 더 담겨 있다. 주스는 요리사에 의해 가공 조리된 음식이다. 주스와 생과일의 맛은 다르다. 과즙을 내는 순간부터 변화가 시작되기 때문이다. 포도 알갱이를 유리잔에 모으고 가볍게 스푼으로 눌러서 짜낸 즙을 맛보자. 포도알을 하나씩 입에 넣고 씹을 때와는 다르다. 단단한 식물 세포벽 안에 잡혀 있던 온갖 성분이 빠져나와 뒤섞인 주스의 맛은 강렬하다. 하지만 그 맛은 시간이 지날수록 변한다. 녹아 나온 성분들과 효소가 반응하기 때문이다. 집에서 직접 과일을 갈아 만든 주스가 시간이 지나면 두 층으로 분리되는 것도 같은 이유에서다. 과일 세포 속 각기 다른 방에 살고 있던 효소와 펙틴 성분이 주스 속에 뒤엉켜 가라앉는 것이다. 농축이든 비농축이든 착즙된 주스를 우선 가열부터 해주는 것은 효소의 작동을 정지시키기 위함이다. 열 대신 강한 압력을 가해서 효소를 정지시킨 게 초고압 처리 주스다. 무엇을 섞고 어떻게 즙을 내어 얼마의 시간 뒤에 어떻게 내놓을 것인가. 주스에는 복잡한 요리의 화학이 녹아 있다. 주스 만들기는 지식과 경험, 기술과 도구를 필요로 한다.

주스는 기술에 대한 현대인의 이중적 관점을 보여주는 음식이다. 많은 사람들이 식품의 가공과 보존을 위한 오래된 기술인 가열에는 거부감을 느끼면서 역사가 짧은 냉장 기술은 신뢰한다. 마치 전자파 걱정에 전기밥솥 대신 압력밥솥을 사용하면서 휴대폰으로는 장시간 통화하는 것과 같다. 사람이 만든 기술치고 완전무결한 기술은 없다. 하지만 기술은 포용해야 할 현실이다. 즐거운 삶을 위해서는 기술을 도외시하기보단 기술과의 공존을 모색하는 게 지혜롭다. 무더운 여름날, 차갑게 식힌 플로리다산 오렌지 주스를 바다 건너편에서 맛볼 수 있는 건 오랫동안 축적된 사람의 기술 덕분이 아닌가. 그러니 어떤 주스든 천천히 조금씩 맛보며 즐기시라. 사실을 말하자면, 요리는 인류의 가장 오래된 기술이다.

알고 보면 복잡한 탄산수 이야기

탄산수의 달콤한 지극

언어는 과학적이면서도 비과학적이다. 음식의 맛을 표현하는 언어는 특히 그렇다. 탄산수가 혀를 쏘는 감각은 상쾌함보다는 고통에 가깝다. 물에 녹은 이산화탄소는 안면과 혀의 삼차신경을 따끔따끔 자극하여 가벼운 통증을 일으킨다. 그렇지만 대부분의 사람은 탄산수의 맛을 시원하다고 여긴다. 얼큰한 국물을 입에 넣고 "시원하다"고 이야기하는 것과 마찬가지다. 맵고 뜨거운 음식도 사실상 통증 유발자이지만, 적당한 통증은 입에 침을 고이게 하고 상쾌함을 준다. 과학 칼럼니스트 데이비드 보더니스David Bodanis의 말마따나 달콤한 고통이자 달콤한 따끔함이다.

누구나 탄산의 톡 쏘는 맛을 사랑하는 것은 아니다. 달콤한 맛의 청량음료와 달리, 어린이가 처음부터 아무것도 가미되지 않은 탄산수를 좋아하기란 쉽지 않다. 동물을 대상으로 한 실험에서도 탄산수를 좋아하게 만들기는 어려운 것으로 나타났다. 이산화탄소를 내뿜는 음식은 상했을 가능성이 높기 때문에 본능적으로 이를 좋아하게 되기는 쉽지 않다. 동물이 탄산수를 기피하는 건 그럴 만한 이유가 있는 현상이며 자연스러운 일이다. 탄산수를 좋아하는 건, 사람, 정확히 말하면 사람들 중 일부의 특성이다. 왜 탄산의 고통을 즐기는 것일까? 아직 분명한 답을 알 수는 없으나 유력한 가설 하나는 매운맛과 유사한 롤러코스터 효과 때문이라는 것이다. 매우 위험한 것처럼 느껴지는 경험이 실제로는 그다지 위험하지 않다는 사실을 깨닫게 되면서 부정적인 경험에서 긍정적인 경험으로 바뀌고, 이내 그러한 자극을 즐기게 된다는 것이다. 여름철 시원한 탄산수를 즐기는 사람의 뇌는 롤러코스터와 공포영화를 즐기는 사람의 뇌와 유사하다는 이야기다. 2013년 미국 펜실베이니아주립대학에서 발표한 연구 결과에 따르면 모험심이 강한 사람일수록 더 자극적인 음식을 찾을 가능성도 크다고 한다.

탄산수가 건강에 미치는 효과

2010년 80억 원 수준이었던 탄산수 시장의 매출액은 2016년에는 약 845억 원으로 지난 6년간 10배 이상 증가했다. 대한민국에 모험을 즐기는 사람의 수가 갑자기 늘지는 않았을 테니, 아마도 탄산수가 건강에 좋다는 말 때문인 듯하다. 다이어트에 도움이 된다, 피부에 좋다, 소화불량에 특효다, 변비에 좋다, 미네랄이 풍부하다 등의 다양한 입소문에 이끌려 탄산수를 점점 더 찾는 것이다.

대부분의 음식에 대한 이야기들처럼, 탄산수에 대한 대부분의 속설도 부분적으로만 사실이다. 예를 들어 탄산수가 소화에 도움이 된다는 주장은 매우 오래된 것이지만, 이를 입증하는 과학적 근거는 찾아보기 어렵다. 식사 뒤에 속이 답답할 때 탄산수에서 생겨나는 이산화탄소 기체가 트림을 하도록 도와주어서 시원한 느낌을 줄 거라는 추측이 전부다. 다이어트에 효과가 있을 거라는 이야기도 비슷하다.

탄산수가 위를 가스와 물로 채우면 그만큼 공간이 줄어들고 포만감을 주어 덜 먹게 될 수 있을 거라는 생각이다. 그러나 위에 풍선을 넣어 인공적으로 빈 공간을 줄여줘도 포만감을 늘려주거나 식사량을 줄여주지 못한다는 것은 이미 여러 차례의 실험을 통해 증명된 사실이다. 탄산수가 위장 운동을 촉진시킨다는 주장 역시 사실이 아닌 것으로 드러났다. 반대로 탄산수로 인한 트림이 역류성 식도염을 유발하니 피하는 게 좋다는 이야기는 어떤가? 2010년 미국에서 관련 자료를 종합 분석하여 내린 결과, 탄산음료가 역류성 식도염을 유발하거나 악화시킨다는 직접적 증거는 미약했다.

그럼에도 불구하고, 음식을 잔뜩 먹고 나서 탄산수를 들이켜는 건 그리 좋은 생각이 아니다. 과식으로 위가 풍선처럼 부푼 상태에서 가스가 차오르면 문자 그대로 배가 터져 죽을 수 있기 때문이다. 1920년대 외과학연보Annals Of Surgery라는 학술지에는 그런 사례가 여러 건 보고되었는데, 효모로 가득한 맥주를 마시고 사망한 사람, 사우어크라우트Sauerkraut를 먹고 사망한 사람, 베이킹소다를 먹고 사망한 사람까지 과식 뒤에 배가 터져 죽은 사람들의 공통적인 위험 요인으로 위 속에서 발생한 가스가 지목되었다. 탄산수에 녹아 있는 가스의 양은 앞서 열거한 사례보다는 적으니 탄산수 몇 모금으로 배가 터질 걱정은 없다. 하지만 과식하고 나서 소화를 위해 탄산수를 원샷하기보다는 적당히 먹다가 멈추고 음식이 소화되기를 기다리는 게 현명하다.

“모두 인공탄산수의 얘기며 천연탄산수는 다르다”는 주장도 종종 들린다. 우선 맛으로 보면 천연탄산수와 인공탄산수를 구분하기도 어렵거니와 블라인드 테이스팅을 할 경우 천연탄산수보다 인공탄산수를 고르는 사람이 많다. 자연적으로 형성된 탄산수의 경우 농도 조절이 어려워 사람들의 선호도에 정확히 맞추기 어렵다는 단점도 있다. 하지만 천연탄산수에 미네랄이 더 많이 녹아 있다는 것은 사실이다. 탄산수에는 탄산이 녹아 있는 만큼 산도가 높고, 그로 인해 미네랄이 녹기에도 더 좋은 조건이 된다. 루이 14세가 즐겨 마셨다는 한 탄산수에는 1L당 300mg이 넘는 칼슘이 들어 있다. 워낙 고가여서 같은 분량의 칼슘을 알약으로 섭취할 때보다 60배 정도 비싸다(알약 속의 칼슘도 대개 굴 껍질과 같은 천연 원료로 만든다). 칼슘 섭취를 위해서는 인공탄산수에 칼슘 보충제 한 알이 훨씬 나은 방법이다. 하지만 고가라는 바로 그 이유로 레스토랑에서 굳이 천연탄산수를 고르는 사람도 제법 있다. 탄산수가 명품 가방이나 럭셔리 세단을 대신하는 셈이다. 불행히도 암반에서 자연적으로 미네랄이 녹아들었다는 이 탄산수에는 나트륨 또한 많이 들어 있어서 1L당 함량이 240mg에 달한다. 매일 마시기에는 조금 부담스러운 분량이다.

탄산수를 통해 바라본 식품 괴담의 진실

알파고가 바둑을 두고, 무인자동차가 도로를 달리는 시대에도 음식에 대한 괴담은 왜 계속되는 걸까. 탄산수를 보면 답이 보인다. 음식이 지니고 있는 속성은 동전의 양면과 같아서, 어떻게 보느냐에 따라 건강에 좋아 보이기도 해로워 보이기도 한다. 트림을 유발하는 탄산수의 속성은 소화에 도움이 될 수도 있지만, 경우에 따라서는 위에 지나친 압력을 가할 수도 있다. 천연탄산수는 산도가 높은 덕에 미네랄 함량이 높지만, 그중에는 우리가 더 많이 섭취하기 원하는 칼슘뿐만 아니라 피하고 싶은 나트륨도 있다. 미네랄을 잘 녹이는 탄산수의 속성은 탄산수를 입에 달고 사는 사람에게는 치아를 부식시키는 위험으로 작용할 수도 있다.* 관점에 따라 위험 또는 유익이 될 수도 있는 양날의 검 사이에서 균형을 잡아주는 것은 적당히 즐길 줄 아는 느긋한 태도다.

『수상록』으로 유명한 프랑스의 사상가 몽테뉴Montaigne가 살던 16세기에도 탄산수(온천수)의 효능에 대한 논란은 끊이지 않았다. 그는 탄산수를 마셔서 기적 같은 효험을 본 일은 없다면서 "내가 어느 때보다 좀 더 유의해서 살펴본 바에 따르면, 사람들이 믿고 있는 효과에 관한 내용의 모든 소문들은 (사람들은 자기가 바라는 것에 쉽사리 속아 넘어가기 때문에) 근거가 박약하고 거짓인 것을 알았다"고 썼다. 그렇다고 해로울 것도 없었다. 몽테뉴의 관점에서는 탄산수를 마시는 것은 "자연스럽고 단순하며 쓸데없는 일이라고 해도 적어도 위험하지

* 탄산수의 산성도는 콜라의 100분의 1 수준이어서, 문자 그대로 탄산수를 입에 물고 있는 사람이 아니면 치아 부식의 위험이 크지 않다.

않은 것"이다. 자연이든 인공이든 탄산수에 대단한 효능은 없지만, 그렇다고 탄산수를 마시는 게 해로운 일도 아니다.

식품 괴담이 끊이지 않는 것은 결국 사람의 본성 때문이다. 400년이 넘는 세월이 흐르고 과학이 눈부시게 발전했건만, 몽테뉴가 지적했던 자기가 바라는 것만을 보려 하는 인간 특유의 성향은 그대로인 것이다. 반대로 그런 인간이기에 탄산수의 톡 쏘는 맛을 즐길 수 있게 된 것인지도 모른다. 음식이나 그걸 먹고 사는 인간이나 양면성으로 가득한 복잡한 존재들이지만, 삶이 더 즐거운 것은 그런 복잡함 덕분이다.

콜드브루 커피의 매력

대세는 콜드브루 커피

유난히도 더웠던 2016년 여름, 대세는 콜드브루 커피였다. 카페에서 더치커피를 신기한 눈으로 바라보던 때가 있었는데, 이제는 집 앞 편의점이나 마트에서도 쉽게 콜드브루 커피를 찾을 수 있다. 물 또는 우유에 희석해서 마시는 100% 원액부터, 그대로 마실 수 있도록 미리 적당한 양의 물을 타놓은 제품까지 선택의 폭도 다양하다. 마트, 편의점, 백화점 슈퍼마켓을 돌며 시음할 커피를 골랐다. 핸디움 예가체프 콜드브루 커피 원액, 노브랜드 콜드브루 커피 아메리카노, 콜드브루 커피 by 바빈스키 아메리카노, 맥심 T.O.P. 콜드브루 커피, 바리스타룰스 블랙만델링. 5가지 커피에 담긴 카페인의 총량은 1770mg. 한번에 전부 마셨다가는 불면과 불안, 근육 경련으로 시달릴 가능성이 높은 양이었다. 하루 50잔의 커피를 마시고도 83세까지 장수했다는 볼테르Voltaire에 대한 기록을 믿거나 말거나, 일전에 더치커피에 카페인 함량이 낮다는 지인의 말을 믿고 원액 그대로 한 병을 마셨다가 고통 속에 뜬눈으로 밤을 새운 경험이 있던 나로서는 시음 전에 얼마만큼 마실 것인지 경계하지 않을 수 없었다(불행히도 물을 타 희석해서 마셔야 한다는 말은 다음날에야 들었다. 이미 밤을 새운 뒤였다).

콜드브루 커피, 더 나은 커피일까

음식에 대한 속설은 부분적으로는 사실이지만, 따져보면 틀린 말이 될 때가 많다. 콜드브루 커피에 카페인 함량이 낮다는 말의 경우도 그렇다. 아주 틀린 말은 아니고 믿을 만한 근거도 있다. 커피 원두 속의 카페인은 물의 온도가 높을수록 잘 녹는다. 같은 양의 커피 원두를 동일한 굵기로 갈아서 동일한 시간 동안 추출한다면 당연히 차가운 물로 우려낸 커피에는 뜨거운 커피보다 적은 양의 카페인이 들어 있게 된다. 하지만 콜드브루 커피와 뜨겁게 추출한 커피의 실제 카페인 함량에는 별 차이가 없다. 커피 원두 속 풍미 물질이 잘 녹아나지 않는 콜드브루 커피의 단점을 만회하기 위해 더 많은 원두를 넣고 더 오랜 시간 추출하기 때문이다. 최종 제품의 카페인 함량은 원액에 물을 얼마만큼 넣어 희석하느냐에 따라서도 달라진다. 그 결과 콜드브루 커피에 일반 커피보다 더 많은 카페인이 들어 있는 경우도 생긴다. 예를 들어, 맥심 T.O.P. 더 블랙 아메리카노의 카페인 함량은 94mg, 콜드브루 커피 아메리카노는 126mg이다. 카페인을 더 적게 섭취하는 게 목적이라면 커피 종류를 따지기보다 커피를 적게 마시는 게 낫다.

고온고압으로 추출하는 에스프레소 방식보다 찬물로 추출하는 콜드브루 커피의 맛이 커피 본래의 맛을 더 잘 살린다는 이야기도 들린다. 에스프레소는 커피 원두의 다양한 맛을 죽이지만, 저온으로 커피를 추출하면 원두가 가지고 있는 본연의 풍미를 끌어낸다는 것이다.

그렇지 않다. 커피는 원두가 아니다. 우리가 즐기는 것은 원두 자체가 아니라 원두 속에서 물에 녹아 나오는 성분 가운데 20% 내외가 주는 맛과 향이다. 나머지 80% 성분까지 모두 녹여서 먹으면 더 맛있는 커피가 되는 게 아니라 쓰고 텁텁해서 사람이 도저히 마실 수 없는 커피가 된다. 커피 원두의 본연의 맛이라는 게 존재한다면 그것은 생두를 볶는 과정에서 이미 사라진 맛일 것이다. 에스프레소 추출에 사용되는 물의 온도는 90℃를 조금 넘지만 생두를 볶으면서 향기 성분을 만들어내려면 섭씨 170~230℃의 고온에서 로스팅해주어야 하며 이때 원두 내부의 압력은 25기압까지 높아진다(에스프레소 추출에 사용되는 것보다 2.7배가 더 큰 압력이다). 캐러멜 반응, 마이야르 반응, 지방 분해 등을 거치면, 생두 속의 300가지 휘발성 물질 가운데 100가지는 사라지고, 650가지가 새로 추가된다. 브루잉은 이들 성분 가운데 어떤 것들을 선택적으로 추출해 맛과 향이 풍부한 커피를 만들어내느냐의 문제다.

커피 브루잉의 과학

커피 속의 향기 성분은 대체로 물보다 기름을 좋아하는 소수성 성분이다. 저온보다 고온일 때 물에 더 잘 녹는다. 차가운 물로 14시간 추출해서 만드는 커피와 뜨거운 물에 대기압의 9~10배에 이르는 압력을 가해 추출한 커피의 맛이 확실히 다른 이유는 온도와 압력에 따라 원두에서 끌어낼 수 있는 성분들의 종류와 구성에 차이가 나기 때문이다. 콜드브루 커피와 핫브루 커피의 맛이 다르고 핸드드립과 에스프레소의 맛이 다르다. 하나가 맞으면 다른 하나가 틀린 답이 된다고 굳게 믿는 사람들은 '콜드브루 커피가 핫브루 커피보다 낫다' '핸드드립이 에스프레소보다 제대로다'라는 식으로 정답을 찾기에 바쁘지만, 커피 맛에 정답은 없다. 비슷하면서도 각기 다른 다양한 맛이 있을 뿐이다.

커피 브루잉에서 온도는 중요한 변수지만, 다양한 변수 가운데 하나일 뿐이기도 하다. 분쇄한 입자의 크기가 큰지 작은지, 입자가 얼마나 균일한지, 가루로 분쇄하는 과정에서 생기는 열로 인한 성분의 변화가 얼마나 있었는지에 따라 커피의 향미가 달라진다. 우리가 마시는 커피의 98%는 물로 되어 있으니 당연히 어떤 물을 사용하느냐에 따라서도 커피 맛이 달라진다. 물속에 마그네슘과 같은 미네랄 성분이 많이 녹아 있으면 쓴맛이 강해지기도 하고, 물이 알칼리성이냐 산성이냐에 따라 커피의 추출 속도가 영향을 받기도 한다. 휘발성 향기 물질은 원두를 로스팅한 뒤에 공기 중으로 날아가거나 산화로 인해 변질되기도 하니, 언제 로스팅한 원두를 사용하느냐에 따라서도 맛이 달라진다. 에스프레소 맛은 다 똑같다고 푸념하는 사람도 있지만, 뜨거운 에스프레소의 맛을 구분하기가 콜드브루 커피보다 쉽다. 12시간 이상 서서히 추출하는 콜드브루 커피에 비하면 짧은 시간에 강한 압력으로 추출하는 에스프레소의 경우 원두의 양, 물의 온도, 추출 압력, 추출 시간 등의 조건을 조금만 다르게 해도 맛이 크게 달라진다. 다양한 변수를 바리스타가 의도된 계산에 따라 조절하는 능력이 기술의 차이이자 커피 맛의 차이다.

양산된 콜드브루 커피 맛의 차이는 에스프레소만큼 크지는 않았다. 여러 제품을 동시에 비교 시음하지 않으면 차이를 느낄 수 없을 정도로 미묘했고, 핫브루 커피와 비교하면 쓴맛이 덜하면서 부드럽게 혀에 휘감기는 질감이 정도 차이는 있었지만, 시음한 제품들 모두에서 느껴졌다. 노브랜드는 다른 콜드브루보다 약간의 산미가 느껴졌고, 원액을 물에 일대일로 희석해서 마신 핸디움 예가체프는 다른 콜드브루 커피보다 진한 풍미였으며, 바리스타룰스 블랙만델링은 쌉쓸하지만 뒷맛이 깨끗했다. 단, 맥심은 예외였다. 다른 콜드브루 커피에 비하면 맥심 콜드브루 커피는 일반 캔커피의 맛에 가까웠다. 캔커피 특유의 금속성 냄새가 강했고, 콜드브루 커피 특유의 점도나 부드러운 단맛은 찾아보기 어려웠다. 바리스타룰스에는 산화 방지를 위해 첨가한 탄산수소나트륨과 비타민 C가 첨가된 반면, 맥심에는 탄산 칼륨과 비타민 C에 더해 약간의 유화제가 사용되었는데, 이로 인해 보존 기간은 비교 시음한 제품들 중 제일 길어졌지만 맛에는 악영향을 끼친 것이 아닌가 싶다(이에 더해 원두의 배합과 사용된 원두 자체의 품질 차이도 배제할 수 없다). 맥심은 그렇다치고 눈을 감고 나머지 커피들을 맛본다면 내가 가려낼 수 있을까? 불가능하다. 그것은 훈련을 필요로

하는 일이다. 카페에 가서 바리스타에게 배울 기회가 있다면 모를까.

커피는 음식인가 약인가

음식은 약과 다르다. 대부분의 경우, 그 경계는 명확하다. 약은 적은 양으로도 효과가 날카롭게 나타나지만 음식은 효과가 비교적 완만하게 나타나며 그만큼 안전하다. 밥을 한 공기 더 먹거나 햄버거에 패티 한 장을 더 넣어서 먹는다고 해서 큰일이 벌어지진 않는다. 그런데 '기호'라는 말이 붙으면 음식과 약 사이의 경계가 모호해진다(커피가 그렇고 술이 그렇다). 커피 한 잔과 두 잔의 차이는 크다. 콜드브루 커피 한 병에 들어 있는 카페인의 양은 120~130mg, 진통제 한 알에 들어 있는 카페인의 양은 50mg이다. 내 경우, 원고 마감에 몰릴 때가 되면 하루 서너 잔은 쉽게 마시게 되니 알약으로 치면 7~10알을 복용하는 셈이다. 카페인만 놓고 보면 커피는 약이다. 하지만 카페인이 커피의 전부는 아니다. 커피에는 카페인 외에도 1000종이 넘는 화학 물질이 들어 있다. 미국인들은 커피에서 가장 많은 항산화 물질을 섭취한다고 한다. 커피는 약이면서 동시에 복잡한 음식이다. 그런 독특한 이중성 때문일까? 핫브루 커피든 콜드브루 커피든 모든 커피가 매력적이다(맞다. 모든 술도 그렇다).

달콤씁쓸한 가공우유

색다른 우유 맛에 빠지다

모닝시리얼우유, 민트초코우유, 메론우유, 수박우유, 옥수수우유를 찾아다니느라 사흘이 걸렸다. 아보카도우유와 버터우유를 얻는 데는 끝내 실패했다. 요즘 편의점에 새로운 우유가 많이 늘었다는 건 분명한 사실이면서도 쉽게 접할 수 있는 현실은 아니었다. 집 주변에서는 딸기, 바나나, 초콜릿 외의 다른 맛 우유를 좀처럼 찾기 어려웠다. 마침 주말에 여의도에 갈 일이 생겼고, 국회의사당 주변 편의점 네 곳을 돌아서야 구색을 갖출 수 있었다.

집으로 돌아와, 식탁에 20종의 우유를 늘어놓고 나니, 수박우유가 먼저 눈에 들어왔다. 고창 수박으로 만들어 더 맛있다는 문구에 호기심이 더욱 커졌다. 수박과 우유라니, 한 번도 생각해본 적이 없는 조합이다. 진한 녹색 줄무늬를 넣은 제품의 앞면에는 수박 조각을 들고 입맛을 다시는 젖소 캐릭터가 그려져 있었다. 재미있는 그림이지만, 곧이곧대로 믿으면 곤란하다. 젖소에게 수박을 먹여 젖을 짠다고 해서 수박맛 우유가 되진 않는다. 줄무늬의 녹색을 띠는 엽록소는 소의 간에서 이미 분해되어 사라지고, 오렌지색 카로틴 색소의 일부는 비타민 A로 전환되고 일부는 우유에 그대로 남겠지만, 우리가 눈치챌 정도로 우유의 풍미나 색깔이 달라지진 않을 것이다. 수박맛 우유를 만들려면 우유를 짜낸 다음에 맛, 향, 색을 더하는 게 낫다. 실제로 0.1% 이하의 향료와 색소면 색다른 맛의 가공우유를 만들 수 있다. 과즙으로 1%에 해당하는 고창 수박 농축액과 그보다 더 적은 양의 수박 향만을 넣어서 우유의 맛을 바꿔놓는 것은 충분히 가능한 일이다.

음식을 바라보는 두 가지 관점

음식의 선택에 중요한 것은 맛일까, 건강일까? 두 관점은 매번 대립하고 충돌한다. 가공우유는 둘 중 어느 한쪽도 완벽하게 만족시키지 못한다. 우선 미식의 관점에서 가공우유의 맛이 그다지 훌륭하다고 볼 수는 없다. 제품 이름과 포장이 호기심을 자극했지만, 실제로 맛을 보면 모두가 평범했다. 수박우유는 진짜 수박보다는 수박맛 아이스바를 연상시키는 맛이었고, 메론 과즙으로 1%에 해당하는 이스라엘산 메론 농축 과즙과 메론 향을 넣었다는 메론우유도 메론맛 아이스바를 녹인 맛이었을 뿐, 메론맛과는 거리가 멀었다. 나머지 우유도 비슷했다. 옥수수우유는 옥수수맛 아이스크림, 모닝시리얼우유는 미숫가루와 비슷한 맛이 났다. 시식 전에는 아보카도우유를 못 구한 게 아쉬웠지만, 스무 가지 우유를 다 마셔본 뒤에는 기대를 접었다. 아보카도우유도 하루를 더 소비해가며 일부러 찾아서 마실 만한 맛은 아닐 것임에 분명했다.

흰 우유를 놔두고 굳이 당류와 향료를 첨가한 가공우유를 마신다는 것은 순수한 건강주의자의 관점에서도 이해되지 않는 일이다. 실제로 라벨 표시를 보면, 원유의 세 배나 되는 당류가 들어 있는 가공우유도 있고, 단백질 함량이 원유의 절반밖에 되지 않는 가공우유도 있다. 가공우유를 마시면, 우유의 다른 영양 성분은 줄어들고, 당분만 과잉으로 섭취하게 될 거라고 의심할 만한 합리적 근거가 있는 셈이다. 하지만, 모든 가공우유가 다 그런 것은 아니다. 허니초콜릿우유의 경우를 보자. 달콤한 맛을 위해 벌꿀 5.5%, 초콜릿 풍미를 위해 코코아 분말 1.05%가 첨가된 것은 사실이지만, 이 제품에 압도적으로 많이 들어 있는 원재료는 저지방우유 93.38%다. 당연히 영양 성분도 원유 그대로에 가깝다. 200ml 1컵을 마실 때 섭취하는 당분의 양은 원유보다 6g이 많은 15g이고, 단백질은 동일하게 6g, 지방은 원유의 절반 수준인 4g이다. 첨가한 당분의 양이 생각보다 적은 것은 우유에 원래부터 4~5% 정도로 유당이 들어 있기 때문이다. 유당 덕분에 기본적으로 은은한 단맛이 나니까, 여기에 조금만 당분을 더해줘도 충분히 달콤한 맛의 가공우유를 만들 수 있는 것이다. 같은 이유로, 상하목장 유기농바나나우유, 유기농딸기우유도 원유 함량이 90%나 된다. 순수한 맛의 관점에서나 영양의 관점에서 가공우유가 최적의 선택은 아닐지 모르지만, 훌륭한 차선책은 될 수 있다.

나한테는 흰 우유가 충분히 맛좋은 음식이지만, 우유를 즐기지 않는 어린이에게 흰 우유만 강요했다가는 역효과가 날 수도 있다. 2014년 미국 코넬 대학교의 연구 결과, 초콜릿 우유를 초등학교 식당 선반에서 없애자 우유를 집어든 학생들의 수가 10% 줄었고, 먹지 않고 버려지는 우유의 양이 29% 늘어났다. 그보다 앞서 2008년 미국 영양학회지에 발표된 또 다른 연구에서는 우유 또는 가공우유를 마시는 어린이들이 우유를 마시지 않는 그룹보다 비슷하거나 조금 더 날씬한 것으로 나타났다. 가공우유를 마신다고 특별히 당분 섭취량이 늘어나지는 않았지만, 우유를 마시는 그룹의 비타민 A, 칼슘, 마그네슘의 섭취량은 우유를 마시지 않는 그룹보다 확실히 더 많았다. 맛만 추구하면 건강을 잃는다. 건강만 챙기다 보면 맛이 없다. 모두 양극단의 주장이다. 가공우유를 보면 맛과 건강은 얼마든지 양립이 가능하다는 사실을 깨닫게 된다. 맛과 영양의 두 마리 토끼를 잡은 가공우유를 선택하기도 의외로 쉽다. 가공우유에는 스누피부터, 곰돌이 푸, 도라에몽, 미니언즈, 개그콘서트까지 캐릭터 상품이 유독 많은 편인데, 이렇게 캐릭터가 그려진 것들일수록 라벨의 영양 성분을 눈여겨볼 필요가 있다. 재미에 치우친 제품일수록 원유의 함량과 영양 가치가 줄어들고 당류가 더 많이 첨가되는 셈이다.

가공우유로 보는 음식의 의미

우유가 성인의 건강에 도움이 되느냐는 또 다른 문제다. 오랫동안 완전식품의 대명사였던 우유의 권위가 최근 들어 흔들리기 시작한 것은 사실이다. 2014년 10월에는 하루에 우유를 석 잔 이상 마시면 사망률이 증가한다는 스웨덴 연구가 발표되어 사람들을 놀라게 했다. 하지만 특정 음식이 건강에 이롭나 해롭나를 두고 벌어지는 논쟁은 우유에만 한정된 것이 아니다. 다음 해인 2015년 10월, 문제의 초점은 가공육, 적색육의 암 유발 위험으로 옮겨졌다. 2016년에는 도대체 어떤 음식이 악의 축으로 지목될 것인가? 내 예상은 알코올 음료였다. 잘못된 추측이었다. 2016년의 스타는 버터와 삼겹살이었다. 고지방 저탄수화물 다이어트의 열풍 속에 언제 그랬냐는 듯이 유제품과 육류가 돌아왔다. 이렇게도 빨리, 스캔들을 극복하고 나타난 연예계 스타보다 더 화려하게 복귀할 줄이야! 이제 와 돌이켜 생각해보면, 음식을 먹지 않고는 살 수 없는 인간들의 세상에서 당연한 결과다.

전통의 바나나, 딸기 우유부터, 새로 등장한 아보카도, 메론, 수박 우유까지, 가공우유에는 유독 과일 맛 우유가 많다. 생각해보면 참 재미난 조합이다. 과일과 우유는 애초부터 누군가가 먹도록 설계된 것들이다. 인간은 음식을 먹지 않고서는 살 수 없지만, 지구상에 원래부터 음식으로 존재하는 것은 드물다. 우리가 음식을 먹는다는 것은 다른 무엇인가의 생명을 희생시켰다는 의미인 것이다. 음식을 먹을 때마다 그런 생각을 한다면 괴로울 테지만, 분명한 현실이다. 우리 모두는 지구상의 다른 존재들에게 생명을 빚지고 있다. 우유와 과일은 잠시 동안이나마 불편한 진실로부터 우리를 자유롭게 해줄 수 있는 거의 유일한 식품이다(그런데 잠깐! 과일은 몰라도 우유는 다르지 않은가? 반문할 만하다. 맞다. 우유는 송아지를 위해 마련된 음식이다. 하지만 과일이라고 뭐가 다른가. 원래 식물의 목적대로 과일을 먹고 씨를 뿌려주는 건 아니니 말이다).

미식의 시대에 살면서도 우리는 정작 관계에 무관심하다. 과일이 그려진 가공우유 포장을 보면서 그 맛과 영양은 궁금하지만 정작 송아지와 젖소의 모습은 잘 그려지지 않는다. 요리와 가공은 원재료의 형태를 변화시키고, 그것이 한때 생명이었다는 사실을 잊게 만든다. 가공된 음식일수록 그저 먹는 것으로 보일 뿐, 우리가 생산자에게, 다른 생명체에게 상호 의존해서 살아가고 있다는 생각은 잘 나지 않는다. 그렇게 잊혀진 관계 때문일까? 과거 어느 때보다 음식 맛이 훌륭한 시대에 살고 있지만, 음식을 음식으로만 보는 세상에서 따뜻한 정은 자꾸만 줄어드는 느낌이다. 달콤한 가공우유의 다양한 맛에 즐거우면서도 왠지 씁쓸하기만 하다.

© 이병주

잡식동물인 사람에게 가장 맛있는 버터는 다른 음식과 함께 먹는 버터다.

© 이병주

두부 포장 라벨의 '옛날'이란 단어가 정말 옛날 방식을 뜻하는 건 아니다.

음식에 대한 괴담은 왜 계속되는 걸까. 탄산수를 보면 답이 보인다.

커피 브루잉에서 온도는 중요한 변수지만, 다양한 변수 가운데 하나일 뿐이기도 하다.

퀴노아밥은 대부분 백미이고 퀴노아의 함량은 10%에 불과하다.

© 박재현

까만색 폴리프로필렌 재질 용기에 담긴 도시락에는 차별성이 없다.

© 박상국

과자는 가라앉았던 식탐을 다시 불태우기 위한 인류 최고의 발명품이다.

EXPORT
Lay's
Classic
JACKnJILL
Piattos
WAFERS
Wafers with
Munchies
Chocolate

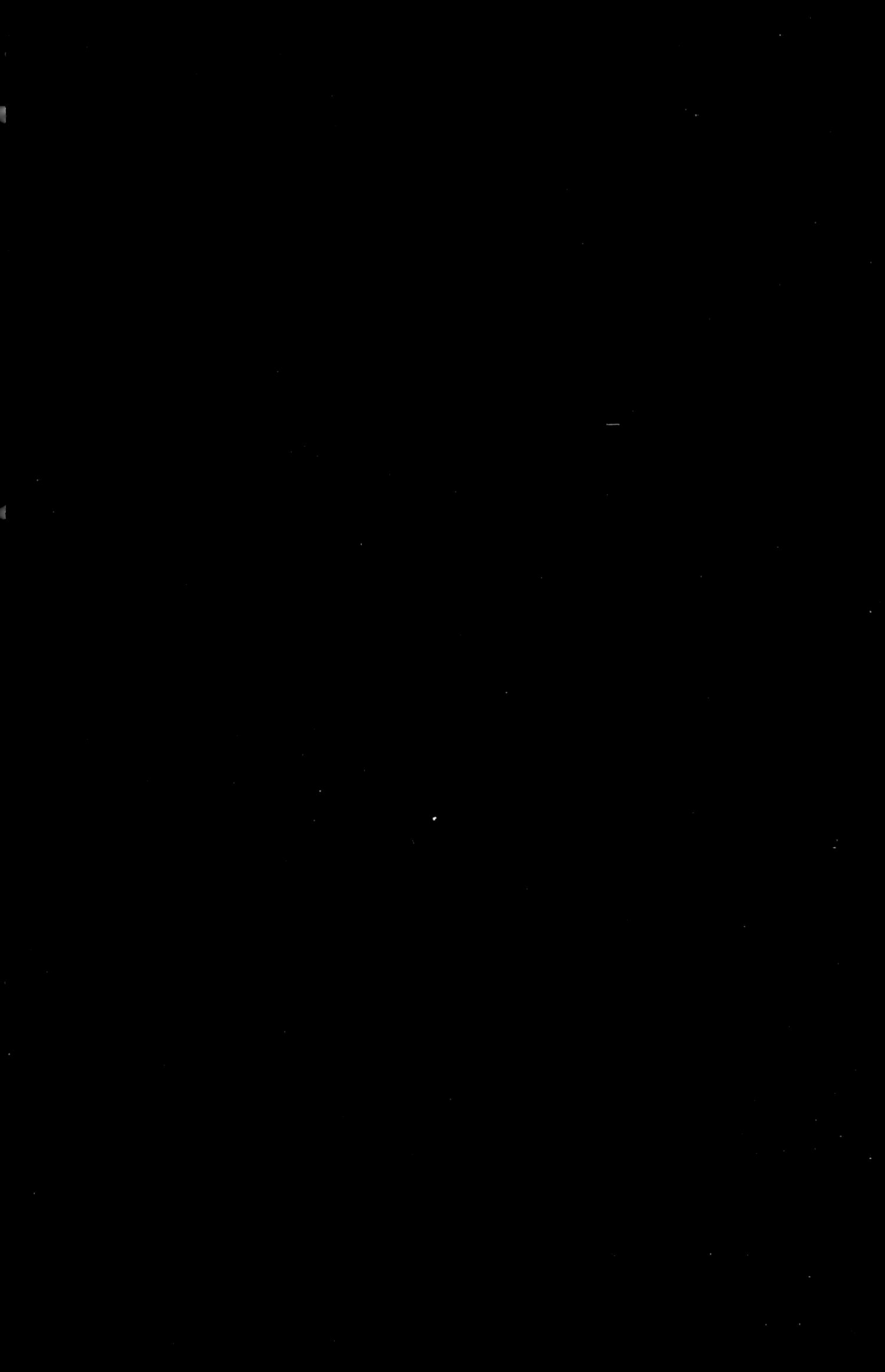

가공식품에 관하여

食
探

즉석밥, 슈퍼 곡물의 이면 읽기

퀴노아와 렌틸콩

슈퍼마켓은 슈퍼푸드를 파는 곳인가? 즉석밥 진열대를 마주하면 '그럴 수도 있겠다'는 생각이 든다. TV에서 보던 슈퍼 곡물 2가지가 눈앞에 있다. 남아메리카 고산지대가 원산지로 기원전 5000년경부터 경작했다는 퀴노아, 그리고 콩과 식물 중에서는 가장 오래 전부터 재배했다는 렌틸콩을 넣어 만든 즉석밥이다. 이미 멥쌀과 함께 조리하여 포장한 제품이니 어떻게 해서 먹을지 걱정할 필요도 없다. 전자레인지에 넣고 2분간 돌리기만 하면 된다.

퀴노아는 유사 곡물로 시금치나 근대처럼 명아줏과에 속하는 채소의 씨앗(벼·옥수수·밀 같은 볏과 식물의 씨앗을 곡물, 다른 식물의 씨앗이지만 곡물처럼 취급하는 퀴노아·메밀·아마란스 같은 것을 유사 곡물이라고 한다)이다. 쌀이나 밀에 비해 지방이 두세 배 더 많이 들어 있어서 견과류처럼 고소한 맛이 난다. 낱알의 생김새는 동글동글해서 기장과 비슷하다. 용도 면에서는 곡물로 봐도 무방할 정도로 빵, 국수부터 수프, 술, 음료까지 다양한 음식을 만드는 데 사용한다. 맛이 견과류처럼 고소하다 보니 종종 퀴노아를 샐러드에 넣기도 한다. 그런데 퀴노아가 유사 곡물이란 점을 감안하면 밥 지을 때 넣어 먹는 것도 괜찮은 선택이다. 조, 기장, 수수, 보리 등의 잡곡처럼 퀴노아를 섞어 밥을 지어 먹으면 쌀에 부족한 영양을 보충할 수 있다.

퀴노아를 넣어 만든 즉석밥

시식 전에 제품 겉면의 설명을 읽어보자. 퀴노아는 '곡물의 어머니'라고 불릴 만큼 단백질, 식이 섬유, 무기질 등 다양한 영양을 포함하고 있다. 읽고 나니 입맛이 끌린다. 새로운 것을 보면 맛보고 싶은 잡식동물 특유의 호기심, 이른바 네오필리아Neophilia다. 꼭 필요한 호기심이기도 하다. 코알라는 유칼립투스 잎만으로 충분하지만 인간은 잡식동물이라 한 가지 음식만으로 모든 영양을 얻을 수 없다. 다양성의 선호는 잡식동물의 생존에 필수 요소다. 흰 쌀밥 대신 퀴노아밥이나 렌틸콩밥을 먹는 것은 그런 면에서 훌륭한 선택이다. 하지만 큰 차이는 없다. 우리가 먹는 음식의 양과 종류에 비해 퀴노아와 렌틸콩이 차지하는 비중이 작기 때문이다.

즉석밥 1회 제공량을 기준으로 흰 쌀밥 대신 퀴노아밥을 먹으면 단백질 1g을 더 얻는다. 렌틸콩밥은 그냥 흰 쌀밥과 차이가 없다. 대신 렌틸콩밥을 먹으면 섬유질을 3.4g 섭취하게 되는데 이는 쌀밥에 현미를 ¼ 정도 섞었을 때와 비슷한 양이다. 흰 쌀밥은 제품 1개당 중량이 30g 더 들어 있어서 열량이 55kcal 더 많다. 어떤 밥을 선택하더라도 영양 성분의 차이는 크지 않다. 퀴노아에 칼슘, 칼륨, 철분이 더 많이 들어 있다는 점을 감안해도 결론은 마찬가지다. 흰 쌀밥 대신 퀴노아 또는 렌틸콩을 섞어 지은 밥을 먹는다고 영양이 크게 달라지지는 않는다. 퀴노아밥이든 렌틸콩밥이든 대부분 백미이고 퀴노아와 렌틸콩의 함량은 각각 10%에 불과하기 때문이다. 퀴노아 함량이 겨우 3%인 제품도 있는데 단백질 함량이 흰 쌀밥보다 되레 1g 더 적다. 쌀알이 불어터진 걸 보면 밥 지을 때 물을 많이 넣은 모양이다. 물은 많이, 곡물은 적게 넣었으니 열량과 단백질이 다 낮아진다.

퀴노아 열풍의 이면

밥 지을 때 퀴노아를 넣든 말든 문제없다. 한국인의 쌀 소비량은 1970년대에 비해 절반으로 줄었다. 즉석밥으로 치면 하루에 두 개 조금 넘고, 공깃밥으로는 두 공기에 못 미친다. 그럼에도 우리의 단백질 평균 섭취량은 평균 필요량을 훌쩍 넘는다. 밥 이외의 다양한 음식에서 충분한 양의 단백질을 얻기 때문이다. 하지만 지구 저편 식량난을 겪는 지역의 사람들에게는 이야기가 달라진다. 가난은 인간을 코알라로 만든다. 빈곤한 사람은 다양한 음식을 먹을 수 있는 선택권이 없다. 한두 가지에 편중된 식사를 할 때는 무엇을 주식으로 하느냐가 커다란 차이를 가져온다. 퀴노아는 식물성이지만 우유처럼 필수아미노산이 고루 들어 있다. 빈자의 식탁에 퀴노아는 좋은 선택이다. 아직도 세계인의 절반은 굶주리고 있으며 고질적 식량 불안이 사람들을 괴롭힌다. 퀴노아는 산소가 부족한 고산지대에서도 잘 자라는 작물로 척박한 토질에 염분이 많은 땅이나 가뭄 지역에서도 잘 버틴다. 게다가 3000종 이상의 다양한 품종이 있어서 기후와 환경이 각기 다른 여러 지역에서 재배가 가능할 것으로 기대된다. 유엔국제농업기구FAO가 2013년을 '세계 퀴노아의 해'로 정한 것도 이런 맥락이다.

미국, 유럽 등의 부유한 국가에서 퀴노아 열풍이 부는 바람에 페루나 볼리비아처럼 가난한 나라의 농민들이 전처럼 퀴노아를 먹지 못한다는 이야기는 어떤가? 최근 몇 년 동안 세계적으로 퀴노아 열풍이 분 건 사실이다. 이 때문에 최근 5년간 퀴노아 가격이 세 배 이상 올랐고 동시에 퀴노아의 주 생산국인 볼리비아 같은 나라에서 퀴노아 소비가 34% 이상 줄어들었다. 하지만 퀴노아값이 올라서 안데스 지역 농민들이 퀴노아를 덜 먹게 됐다고 말하는 건 지나친 단순화다. 안데스 지역 사람들도 인간이며 잡식동물이다. 삼시세끼 퀴노아만 먹는 게 좋을 수는 없다. 수입이 늘고 선택의 폭이 넓어지면 다양한 음식을 찾는 것이 자연스러운 현상이다. 퀴노아를 적게 먹는 대신 햄버거와 콜라만 먹는 건 아니다. 신선한 채소의 소비도 함께 늘어난다. 아직까지는 거대 곡물 기업들이 퀴노아 생산에 참여하지 않아 남미 고산지대에서 소규모 농업으로 대부분의 퀴노아를 생산한다. 퀴노아가 모두 공정 무역으로 판매되는 것은 아니지만 안데스 농민의 수입이 전반적으로 늘어났고 그만큼 그들의 식탁이 다양해진 것도 사실이다. 미국 공영라디오방송NPR은 '당신이 퀴노아를 좋아하는 건 안데스 농부들에게도 좋은 소식'이란 기사를 내보내기도 했다. 바다 건너 페루와 볼리비아에서 신고 오는 퀴노아의 이면에 얽힌 이야기는 복잡하다.

렌틸콩을 넣어 만든 즉석밥

고민을 뒤로하고 슈퍼 곡물 렌틸콩밥을 맛볼 차례다. 렌틸콩은 양면이 볼록한 렌즈 모양을 하고 있어 렌즈콩이라고도 부른다. 렌틸콩 농사를 처음 짓기 시작한 건 8500년 전인데 유럽의 렌즈 제조 기술은 그보다 한참 뒤인 17세기에 발달했다. 둥글고 한 면이 볼록한 유리알을 쌍으로 붙이면 렌즈콩처럼 생겼다고 하여 렌즈라고 이름을 붙인 것이니 기술과 문화의 뿌리에는 음식이 있다고 해도 과언이 아닐 듯하다.

렌틸콩은 다른 두류豆類와 마찬가지로 단백질이 풍부하다. 제품 라벨에도 그 점이 강조되었다. 렌틸콩 즉석밥 1개에는 우유 1컵 분량의 단백질과 토마토 1개 분량의 식이 섬유가 들어 있다. 렌틸콩이 슈퍼 곡물이라 그런 건 아니다. 렌틸콩도 콩이니 두류의 영양학적 특성이 있을 뿐이다. 녹두와 완두콩, 강낭콩도 렌틸콩과 비슷하게 단백질과 식이 섬유가 풍부하다. 렌틸콩만의 장점이 있긴 하다. 보통 콩에는 항영양인자Antinutrient 성분이 많아서 소화를 방해한다. 렌틸콩은 다른 콩에 비해 그런 성분이 적어서 소화가 잘되는 편이고, 요리하기도 쉽다. 렌틸콩은 강낭콩이나 대두에 비해 모양이 납작하고 껍질이 얇아서 다른 콩보다 물을 빨리 흡수하고 금방 부드러워진다. 수프를 끓이면 국물이 잘 배어 특히 맛있다. 요즘 마트에 가면 렌틸콩을 넣은 짜장이나 카레 같은 즉석식품도 눈에 띈다. 아직 맛을 보진 못했지만 적어도 소스가 잘 배는 렌틸콩의 조리 특성을 살렸다는 면에서는 좋은 선택이다. 이런 특성 때문에 렌틸콩을 넣고 밥을 지을 때도 미리 불리거나 삶을 필요가 없다.

잡식동물의 딜레마

맛을 생각한다면 기름이 잘잘 흐르는 흰 쌀밥이 최고다. 사실 우리는 아무 걱정 없이 흰 쌀밥을 먹어도 되는 시대에 살고 있다. 식탁에 올리는 음식의 가짓수가 늘어난 만큼 백미로 인한 영양 결핍을 걱정할 이유가 없다. 현미 대신 백미를 먹는다고 각기병에 걸리진 않는다. 그러니 그냥 먹던 걸 먹고 싶다. 퀴노아나 렌틸콩 같은 생소한 음식은 싫다. 잡식동물인 인간에게는 이같이 새로운 음식을 기피하는 성향이 있다. '잡식동물의 딜레마'란 용어를 처음 사용한 펜실베이니아 대학교의 심리학과 교수 폴 로진은 여기에 네오포비아Neophobia라는 이름을 붙였다. 이유 있는 경계심이다. 익숙하지 않은 새로운 것에는 위험이 도사리고 있기 때문이다. 한 요리 잡지에 "퀴노아 껍질에는 사포닌 성분이 들어 있어 항암과 항염에 좋다"라는 기사가 실렸다. 잘못된 설명이다. 사포닌이라고 모두 몸에 좋은 성분은 아니다. 퀴노아 껍질의 사포닌은 방어를 위한 독성 물질로 위장 점막을 자극하며 쓴맛이라 씻어서 제거해야 한다. 다행히 시판되는 퀴노아는 이미 사포닌을 제거한 것이다.

새로운 것을 선호하면서도 동시에 두려워하는 역설적 상황은 결국 음식 때문이다. 단점 없이 장점뿐인 완전무결한 식재료는 없기에 네오필리아와 네오포비아 사이에서 느껴지는 긴장은 필연이다. 잡식동물인 인간에게 그런 불안감을 없애주는 건 음식 자체가 아니라 요리와 가공이다. 균형을 잡아주는 건 결국 요리사의 손에 달려 있다.

라면의 실체

주눅이 든 라면

라면에는 당당함이 없다. <수요미식회>에 등장한 짜장면은 당당했다. 마포 모처의 중국음식점에서 만드는 그 짜장면 면발은 화면으로 봐도 하얗다. 반죽에 소다를 넣지 않았기 때문이다. 맛이 조금 떨어질지언정 첨가물을 넣지 않았다는 짜장면은 <수요미식회> 패널 중 한 명을 울릴 정도로 감동시켰다. 그렇다. 보통 짜장면 반죽에는 염기성의 소다가 들어간다. 라면 포장 뒷면에서 늘 찾을 수 있는 면류첨가알칼리제도 같은 부류다. 이들 첨가제는 밀가루 속에 숨은 천연 색소와 반응해 노란색을 도드라지게 하고, 글루텐의 점탄성을 높여 면발을 탱탱하게 해주며, 알칼리 밀면 특유의 독특한 풍미를 더해준다. 라면이 입속으로 후루룩 미끄러져 들어가는 것도 알칼리 처리한 면발 덕분이다. 인체의 지방산과 면발의 염기 성분이 만나 일종의 비누를 만들어내는 것이다. 맛있지만, 첨가제를 넣은 것은 분명하다. 라면의 어깨가 축 처지는 소리가 들린다.

스프는 라면을 더 움츠러들게 한다. 감칠맛 조미료의 대명사, MSG(L-글루타민산나트륨)가 들어 있기 때문이다. 포장지 앞면에 당당하게 MSG를 자랑하는 라면은 마트 어디에서도 찾아볼 수 없다. 어떤 향미 증진제가 들어 있는지 확인하려면 뒷면의 깨알 같은 성분 표시를 읽어봐야 한다. 하지만 원재료의 목록 어디를 봐도 L-글루타민산나트륨을 찾기 어렵다. 양념조미분말부터 불고기맛 분말까지, 나열된 28가지 스프 성분 가운데 MSG는 없다. 정말 MSG가

빠진 건 아니다. 2014년 12월 한국소비자원에서 소비자 선호도가 높은 라면 12개 제품을 대상으로 성분을 조사한 결과 MSG는 모든 제품에서 발견되었다. 다만 그 양은 생각보다 많지 않았다. 내가 즐겨 먹는 라면 한 봉지에는 MSG가 고작 59mg 들어 있었다. 포도 주스 한 잔에 들어 있는 글루타민산에 비교하면 엄청나게 적은 양이다. 포도 주스 한 잔에 들어 있는 만큼의 글루타민산을 라면으로 섭취하려면 스프만 무려 11봉지를 넣어 먹어야 한다.

요즘 라면 스프의 MSG 함량이 이렇게 적은 이유는 MSG를 직접 넣지 않기 때문이다. 그 대신 식물성 단백가수분해물HVP을 넣는다. 단백질 자체는 맛이 없다. 숙성과 발효를 통해 단백질 일부가 아미노산으로 잘게 쪼개져야 풍미가 만들어진다. HVP는 그런 원리를 이용해서, 탈지대두, 밀글루텐, 옥수수글루텐 등의 단백질 원료를 산으로 분해해 얻은 아미노산 조미료이다. HVP는 글루타민산에 더해 다른 아미노산과 펩타이드가 섞여 있어 순수한 MSG보다 더 복합적인 풍미를 낸다. 그래도 맛은 비슷하다. 감칠맛을 강화하기 위한 조력자로 투입된 핵산 조미료 덕택이다. 핵산 조미료가 MSG와 함께 섞이면 감칠맛은 원래의 수십 배 이상으로 상승한다.

MSG와 맛의 상관 관계

맛이 비슷하긴 한데, 똑같진 않다. 나트륨 저감화 정책에 맞춰 나트륨 함량을 줄였다는데 이상하게 더 짜고 맛은 떨어지는 느낌이다. 인터넷 여기저기에도 비슷한 의견이 많다. "맛이 없어졌다" "짜기만 하다" "예전 그 맛이 아니다" 지구상에서 라면을 가장 많이 먹는 사람들이 모여 사는 나라에서 라면에 대한 냉엄한 평가가 내려지는 것은 당연한 일이다. 하지만 근거 있는 의심일까? 우리의 입맛이 변한 건 아닐까? 직접 실험해보기로 했다.

라면 한 개에 스프 하나를 넣고 뒷면 조리법에 따라 끓인 다음, 두 그릇에 나눴다. 한쪽에는 MSG를 아주 조금 추가하고, 다른 쪽은 그대로 두었다. 한쪽을 맛보고, 물로 입안을 가볍게 헹구고 다시 다른 쪽을 맛봤다. 순서를 바꿔 다시 한 번 양쪽을 맛봤다. 결과는 놀라웠다. 소량의 MSG를, 이미 MSG와 핵산 조미료가 들어 있는 라면 국물에 투하했을 뿐인데도, 맛의 변화가 확연하게 느껴졌다. 쓴맛과 짠맛은 부드러워졌고, 단맛은 살아났으며, 서로 어긋나는 듯했던 풍미는 명지휘자를 만난 오케스트라처럼 밸런스가 맞춰졌다. MSG 양의 작은 차이가 만들어낸 맛의 차이는 무시할 수 없을 정도로 컸다.

이론상으로 MSG를 적게 써도, 핵산 조미료를 넣어서 감칠맛을 동일하게 만들 수 있다. 앞서 언급한 것처럼 핵산 조미료가 글루타민산과 함께 혀의 감칠맛 수용체에 작용하고 상승 작용을 일으키기 때문이다.

그런데 2009년 일본과 스페인의 과학자들은 오직 글루타민산만 작용하는 미각수용체가 존재한다는 연구 결과를 발표했다. 핵산으로 메울 수 없는 MSG만의 맛이 있을 수 있다는 추측이 가능한 것이다. 이 같은 사실만으로 MSG를 적게 넣고, 핵산 조미료를 많이 넣는 방법이 잘못되었다고 지적할 수는 없다. 하지만 MSG를 적게 넣었기 때문에 맛이 변한 게 아닌가 하는 의심을 지울 수 없다. 백문이 불여일견이라고, 라면 맛이 변했다고 느끼는 면식수행자라면 스프에 MSG를 아주 조금 더 넣어서 맛보는 간단한 실험을 해볼 것을 권한다.

영양보다는 맛

첨가제 때문에 라면이 주눅 들 필요가 있을까? 첨가제를 넣지 않았다는 짜장면이 어느 시대를 염두에 두고 그렇게 당당했던 것인지는 모르겠지만, 면을 알칼리로 가공한 것은 무척 오래된 일이다. 알칼리 면은 중국 밀면의 전통 가운데 하나다. 일찍이 당나라 시대에 잿물이나 함수를 사용했다는 기록이 있고, 명나라 때는 반죽에 간수를 넣은 노란색 면이 탄생해 주변의 여러 나라로 전파되었다. '알칼리 처리를 한 라면 면발'은 알고 보면 뼈대 있는 집안의 자식이다.

'알칼리'라는 말에 경기를 일으킬 필요도 없다. 염기 성분으로 먹거리를 가공하는 것은 다른 문화권에서도 발견되는 오래된 전통이다.

과거 아메리카 원주민들도 음식에 알칼리제를 사용했다. 그들은 염기성이 강한 석회수 또는 잿물에 옥수수를 담근 다음 반죽을 만들었다. 오늘날의 면류첨가알칼리제가 라면 반죽에 탄력과 풍미를 더해주는 것처럼, 잿물 속의 염기 성분을 이용해서 옥수수 반죽에 부드러운 질감과 맛을 더했던 것이다. 현대의 과학자들은 알칼리 처리가 영양 면에서도 유익하다는 사실을 밝혀냈다. 옥수수를 주식으로 하게 되면 비타민 B3로 불리는 나이아신 섭취가 모자라기 쉬운데, 잿물의 강한 염기 성분은 옥수수 세포벽에 단단히 잡혀 있는 나이아신을 풀어주어 비타민 B3 결핍증인 펠라그라를 예방해준다는 걸 알게 된 것이다. 물론 아메리카 원주민들이 처음 옥수수를 잿물에 담근 이유는 오늘날 라면을 즐기는 우리와 마찬가지로 영양학적 이유에서라기보다는 맛 때문이었을 것이다. 그들은 부드럽고 풍미가 좋은 토르티야를 만들고 싶었고 알칼리성 잿물로 옥수수를 가공해서 그렇게 할 수 있다는 걸 발견했다. 영양상 유익은 덤이었다.

라면은 당당해도 된다

영양학을 모르던 시대 사람들은 솔직했다. 맛을 따라갔고, 영양은 따라왔다. 라면의 MSG와 노란색 면발을 부끄러워하는 요즘 사람들은 다르다. 음식이 맛있으면 의심의 눈초리를 보낸다. 첨가제를 넣지 않았다면 맛이 없어도 감동한다. 맛있다는 뇌의 생각이 우선시되고, 혀는 무시당한다. 그러나 그렇지 않다. 우리는 태어날 때부터 감칠맛을 배운다. 모유에는 우유의 열 배나 되는 유리 글루타민산이 들어 있다. 풀을 먹는 소에게 감칠맛은 별 의미가 없지만, 고기의 영양을 필요로 하는 사람에게는 중요한 맛이기 때문이다. 엄마 젖을 빨면서 배우는 감칠맛은 숙성된 고기의 맛, 발효와 요리를 거친 단백질의 맛이다. 설탕이 인간 본연의 단맛에 대한 선호를 보여준다면 MSG는 인간 본연의 요리에 대한 사랑을 보여주는 것이다. 다음에 마트에 가면 L-글루타민산나트륨을 넣었다고 당당하게 표시한 라면을 보고 싶다. 라면은 그래도 된다.

즉석조리식품이 건강에 미치는 영향

의심이 필요 없는 집밥

“1시간 넘게 끓였는데도 아삭함을 잃지 않는 김치의 속살은 파도를 꿋꿋하게 버텨낸 크루들의 생명력을 느끼게 하고 김치 국물이 스며든 삶은 돼지고기의 맛은 이윽고 잔잔해진 바다와 따스한 햇살의 평온함이고 데운 청주는 사랑하는 여인의 입술.” 아내가 해준 김치찜에 감동한 남편의 외침이다. 커다란 파도가 배를 뒤흔들듯 강렬한 김치찜을 맛보며 그는 스트레스에 찌든 삶에서 탈출한 듯한 해방감을 맛본다. 그런데 만화 『식객』에 등장한 이 김치찜이 아내가 직접 만든 게 아니라면, 마트에서 사온 즉석조리 김치찜을 데워서 올린 것이었다면 어땠을까? 주인공은 실망했겠지만, 현실 세계에서는 충분히 가능한 일이다.

『식객』 24권에 소개된 김치찜은 애초에 집에서 만든 음식이 아니다. 서울 서대문의 한옥집 김치찜을 모델로 한 것이다. 만화 속의 김치찜을 맛보러 멀리 찾아가지 않아도 된다. 마트에서 한옥집 김치찜과 김치찌개를 쉽게 구할 수 있다. 그마저 귀찮은 사람은 인터넷 주문도 가능하다. 집에서 직접 김치와 돼지고기 앞다리살을 준비하고 육수를 부어 김치찜을 준비하는 데는 1시간 반 이상의 시간이 걸리지만, 『식객』의 원전 맛집 이름으로 출시된 김치찜을 조리하는 데는 끓는 물에 6분, 전자레인지에 5분, 또는 냄비에 4분이면 충분하다. 이토록 짧은 가열 시간을 조리시간이라고 불러야 하는가는 의문이지만, 제품 뒷면에는 위의 3가지 데우는 법을 분명히 ‘조리’ 방법으로 소개하고 있다.

김치찌개에 담긴 과학

즉석조리 김치찌개를 짧은 시간 가열하는 것만으로 먹을 수 있는 것은 사전에 충분히 조리된 음식이기 때문이다. 사실 5분 내외의 조리시간으로는 김치를 제대로 익히는 것도 불가능하다. 생배추와 달리 묵은 김치는 신맛의 산 성분으로 인해 조리를 해도 쉽게 풀어지지 않는다. 채소의 아삭한 질감은 식물 세포가 비교적 단단한 세포벽 속에 다량의 수분을 함유하고 있기 때문이다. 식물 세포벽은 마치 철근 콘크리트와 비슷한 구조로, 비유하자면 셀룰로오스 뼈대에 펙틴과 헤미셀룰로오스라는 시멘트가 채워져 있는 형상이다. 생채소를 가열하면 숨이 죽으며 흐물흐물해지는 것은 펙틴과 헤미셀룰로오스 성분이 물에 녹아서 조직이 느슨해지고 쉽게 분리되기 때문이다. 반면에, 산성에서는 헤미셀룰로오스가 물에 잘 녹지 않는다. 김치의 숙성 과정에서 펙틴이 분해되어 생겨나는 펙틴산이라는 성분과 천일염에 들어 있는 칼슘, 마그네슘도 세포벽을 더 튼튼하게 만들어 준다. 배춧국의 생배추가 쉽게 물러지는 것과 달리 김치찌개 속의 배추가 상당 시간 아삭함을 유지하는 배경에는 이러한 과학이 숨어 있다(물론 김치 숙성 과정에서는 배추를 무르게 만드는 다른 요소들이 함께 작용하므로, 김치가 묵을수록 연하고 무르게 되는 것을 아주 피할 수는 없다).

계속 열이 가해지면 김치는 점점 더 무르게 변한다. 반대로 돼지고기는 퍽퍽해진다. 고기의 단백질이 열 변성으로 오그라들며

육즙이 빠져버리기 때문이다. 물속에서 익힌 고기인데도 퍽퍽하다. 근육 세포 속에 있어야 할 수분이 바깥으로 옮겨간 결과다. 김치는 아삭하면서 돼지고기는 부드럽게 씹히도록 익히려면 온도와 시간의 조절이 중요하다. 김치의 숙성 과정에서부터 찌개의 조리 과정까지 다양한 변수를 어떻게 관리하고 조절하느냐가 요리의 풍미와 질감을 이끌어내기 위한 관건이다.

가공식품으로 맛보는 김치찌개

마트에서 판매하는 김치찌개의 맛은 어떨까? 비교를 위해 한 회사에서 만든 3가지 김치찌개를 먹어보기로 했다. 한옥집 김치찌개, 집밥연구소 참치 묵은지 김치찌개, 우리집 묵은지 김치찌개. 제품의 유형은 모두 즉석조리식품이다. 같은 회사에서 만든 같은 찌개인데도 2가지 다른 방향으로 나아간다. 우리집 묵은지 김치찌개와 집밥연구소 참치 묵은지 김치찌개는 집밥의 맛을 강조하고, 한옥집 김치찌개는 밖에서 사먹어야만 맛볼 수 있는 식당 음식의 맛에 방점을 찍는다. 한옥집 김치찌개는 돼지고기 앞다리살, 우리집 묵은지 김치찌개에는 삼겹살이 들어 있고, 고기 양은 한옥집 김치찌개가 조금 더 많다(정확한 함량 비교를 할 수는 없으나, 영양성분 분석을 보면 그렇다). 김치의 흐물흐물함, 돼지고기의 퍽퍽함은 두 제품이 비슷하다. 즉석조리식품의 제조 과정에서는 제품의 살균이 중요하므로, 재료가 과잉으로 익는 것을 피하기는 어렵다. 특히 레토르트 파우치에 담긴 식품은 통조림과 같은 열처리와 고온, 고압 살균 공정을 거쳐야 한다. 맛집의 이름이 붙었다고 해서, 맛집과 동일한 맛을 낼 수는 없는 이유다. 참치 묵은지 김치찌개의 경우에도 그 점은 비슷했는데, 집에서 참치를 넣고 김치찌개를 여러 번 끓였다가 식혔다가 한 뒤에 남은 찌개를 먹을 때와 비슷하게 참치에서 금속성의 맛이 났다.

레토르트 파우치에 담긴 즉석조리식품은 장기간 보관이 가능하다는 장점이 있지만, 그 과정에서 재료 속으로 국물 맛이 깊이 배는 문제가 있다. 두부는 특히 그렇다. 한 번 먹고 남은 찌개를 다시 끓였을 때의 두부처럼 제품 속의 두부는 하나같이 짭짤한 국물로 절여져 있었다. 국물 맛은 세 제품이 모두 비슷한 패턴으로 신 김치의 맛에 약간의 설탕과 조미료가 더해진 맛이었다. 국내산 천일염이 들어가서 요리의 참맛을 냈다는 우리집 묵은지 김치찌개의 자랑은 이해할 수 없다. 고기를 찍어 먹을 때처럼 직접 입안에 소금을 넣고 맛볼 때는 천일염과 정제염의 차이가 있을 수 있겠지만, 국물 요리에 천일염을 넣었을 때 맛의 차이를 느끼기는 어렵다. 이미 국물에 녹아버렸는데 무슨 차이를 알 수 있단 말인가. 잘못된 마케팅이다.

세 제품 모두, 쌓인 스트레스를 날려 보낼 수 있을 정도로 맛있지는 않지만 먹을 만했다. 셋 중 둘이 집밥을 강조했지만 셋 다 집에서 끓인 찌개의 맛보다는 바깥에서 사먹는 찌개의 맛에 가까웠다. 그러나 중요한 차이점이 있었다. 한옥집 김치찌개가 덜 짰다. 실제 이 제품의 나트륨 함량은 다른 제품보다 30% 적은 수준이었다.

즉석조리식품이 건강에 끼치는 영향

최근 가정식을 대신하는 간편식 HMR Home Meal Replacement 을 찾는 사람이 늘어나면서 건강을 걱정하는 목소리도 커지고 있다. 집에서 만든 동태전, 잡채, 소곱창볶음, 육개장, 시금치된장국, 냉이된장찌개와 다른 누군가가 만든 즉석조리식품이 건강에 미치는 영향이 같을 수는 없다는 생각이다. 그렇지 않다. 즉석김치찌개도 김치찌개이므로, 넣을 수 있는 설탕과 소금의 양에는 한계가 있다. 너무 짜거나 너무 달면 당연히 소비자의 선택에서 멀어진다. 맛본 세 제품 가운데 둘의 나트륨 함량은 대한민국 외식 영양 성분 자료집의 김치찌개와 거의 비슷한 정도의 비율로 나트륨이 들어 있다. 문제는 먹는 양이다. 1~2인분으로 애매하게 표시된 김치찌개 한 봉지를 한 번에 혼자서 다 먹으면, 바깥에서 사먹는 김치찌개보다 25%나 더 많은 나트륨을 섭취하게 되지만, 둘이 나눠 먹으면 식당에서 김치찌개를 먹을 때보다 나트륨 섭취가 38% 더 적어진다. 평균적으로 하루에 3g 이하의 소금을 먹는 지역에서는 고혈압이 드물다. 고혈압은 하루 5.8g 이상의 소금(나트륨으로 2.3g)을 먹는 지역에서 주로 나타난다. 나트륨은 건강을 유지하는 데 꼭 필요한 미네랄이지만 다른 모든 영양 성분과 마찬가지로 과하면 해를 줄 수 있다. 어느 정도로 제한하는 게 건강에 최적이냐를 두고는 아직 논란이 있지만 너무 짜게 먹는 게 좋지 않은 건 사실이다. 그리고 그 초점은 당연히 양에 맞춰져야 한다. 즉석김치찌개의 나트륨 함량도 중요하지만 제품 1~2인분을 1인분으로 간주하느냐 2인분으로 간주하느냐, 국물을 다 먹느냐 일부만 맛보느냐에 따른 차이가 더 큰 셈이다.

집에서 모든 음식을 조리해 먹든 반조리된 식품을 사다가 데워 먹든 우리의 건강이 크게 달라지진 않는다. 다양한 음식을 먹고 있는 사람이라면 중요한 것은 양이다. 즉석조리식품과 건강에 대한 초점은 무엇을 먹느냐보다 얼마나 먹느냐에 달려 있다.

편의점 도시락이 불편한 이유

편의점 도시락 전성시대

세상에 믿을 사람 없다. 혜리와 김혜자는 그렇다고 치자. 백종원과 홍석천까지 이럴 줄은 몰랐다. 각기 요식업의 대부, 요식업의 황태자라 불리는 두 사람이지만, 도시락 뚜껑에 이들의 사진이 보인다고 믿고 고르진 말아야겠다고 다짐했다. 맛이 없다. 더 구체적으로 말해서, 맛에 관한 모든 공식을 뛰어넘게 맛없다. 단일 품종 쌀이 맛있다는 이야기에 편의점 도시락의 쌀밥은 논외다. 2016년 신동진 햅쌀로 지었다는 백종원 도시락과 그냥 국산 쌀로만 표시된(필시 혼합미일) 다른 3종 도시락의 쌀밥 맛을 비교 시식해봐도 뚜렷한 차이가 느껴지지 않는다. 달면 맛있다는 명제도 의문스럽다. 시식한 제품들 중 백종원 한판도시락이 당류 함량 9g으로 제일 달고, 홍석천 치킨도시락이 당류 함량 0g으로 제일 덜 달다. 그럼에도 맛의 우열은 가리기 힘들다. 솔직히 그냥 다 맛없다.

뭐든 튀기면 맛있다고? 바로 먹으면 그럴지도 모르겠다. 하지만 냉장 선반에서 눅눅하게 수분을 빨아들인 튀김의 문제는 2분간의 전자레인지 재가열로 해결할 수 있는 문제가 아니다. 백종원 한판도시락에는 가라아게, 돈가스, 물만두까지 튀겨 넣었지만, 모두가 평등하게 맛없다. 홍석천 치킨도시락의 양념 반, 프라이드 반 전략도 실패다. 하나는 갈릭마요드레싱을 얹고, 다른 하나는 칠리소스에 청피망, 홍피망 슬라이스와 양파를 넣어 버무렸지만, 맛은 놀랍게 동일하다. 튀김과

밥을 데우다가 함께 뜨거워진 샐러드는 못 먹을 정도는 아니었지만, 그 안에 들어 있는 달걀로 만든 무언가가 스크램블드에그라는 데는 원재료 표시를 읽고도 동의하기 어려웠다. 우삼겹정식도, 화끈오징어불고기도, 6찬도시락도, 9첩반상도 다 마찬가지였다. 까만색 폴리프로필렌 재질 용기에 담긴 도시락을 하나씩 맛볼 때마다 도시락 뚜껑의 멋진 연예인들은 잊히고, 찜질방 단체복을 입은 사람들의 차별 없는 모습이 떠올랐다.

편의점 도시락의 영양학

눅눅한 튀김과 기름이 흘러내리는 햄과 소시지, 턱없이 부족한 채소 반찬에도 불구하고, 인터넷에 올라온 편의점 도시락의 맛 평가는 호평 일색이다. 나도 투덜거리면서도 남김없이 다 먹었다. 맛이 마음에 들지 않는다고 도시락을 남긴다는 것은 상상할 수도 없는 일이다. 중학교부터 고등학교까지 6년 동안 도시락 의존형 식생활을 이어가던 경험이 나를 몰아세웠다. 한번 붙든 도시락은 끝까지 먹어야 하는 법, 오후에 밀려드는 배고픔을 어떻게 감당하려고 감히 밥을 남긴단 말인가. 영양 차원에서 보면, 입맛을 조금 둥글게 하여 다 먹는 게 남는 장사다. 도시락 포장에 표시된 칼로리(혜리 도시락에는 빠져 있다)를 보고 다이어트에 미치는 영향을 계산하는 사람도 있겠지만, 본래 칼로리 계산의 출발점은 식품의 가성비를 따지기 위한 것이었다.

오늘날 식품의 칼로리 표시는 19세기 말 미국의 화학자 윌버 올린 앳워터Wilbur Ohlin Atwater가 고안한 칼로리 측정법을 따르고 있는데, 당시 앳워터의 목표는 가난한 사람들이 비용 대비 영양가가 높은 음식을 구입하도록 돕는 것이었다. 그는 미국인들이 유럽인들보다 단백질은 적게 섭취하고, 탄수화물과 지방은 너무 많이 먹고 있다는 점을 특히 안타까워했다. 앳워터가 자신의 책 『음식: 영양가와 비용』을 통해 하고 싶었던 이야기는 같은 돈으로 소고기 등심을 사느니 목살을 선택하면 2.5배나 많은 단백질을 얻을 수 있다는 점이었다. 노동자의 식사 환경은 100년 전 미국이나 21세기 대한민국이나 비슷하다. 바깥에서 음식을 사먹다 보면 여전히 가격 대비 제일 얻기 힘든 영양소가 단백질이다. 단돈 3500원으로 백종원 한판도시락을 사면 하루 섭취량 기준치 56%, 홍석천 도시락으로는 45%의 단백질을 섭취할 수 있다. 편의점 도시락의 가격 대비 영양 가치가 얼마나 뛰어난지 보려면 햄버거와 비교해보면 된다. 소고기 패티 2장이 들어 있는 맥도날드 빅맥의 단백질 함량이 26g인데, 홍석천 치킨도시락 하나에는 25g, 백종원 한판도시락에는 31g의 단백질이 들어 있다. 단품으로 빅맥의 가격은 4700원이다. 25% 저렴한 비용에 거의 비슷하거나 20% 더 많은 단백질을 섭취할 수 있는 셈이다. 나쁘지 않은 정도를 뛰어넘어 훌륭하다.

도시락이 불편한 이유

편의점 도시락을 마냥 칭찬해줄 수는 없다. 우선 너무 기름지다. 시식한 6종의 도시락 가운데 지방 함량이 가장 높은 백종원 우삼겹 정식에는 하루 영양 섭취 기준치 대비 71%나 되는 지방이 들어 있다. 나트륨 함량도 높은 편이어서, 가장 적은 김혜자 6찬도시락에 906mg, 제일 많은 백종원 한판도시락은 1405mg에 달한다. 도시락 하나만 먹으면 하루 기준치의 70%나 되는 나트륨을 먹게 된다. 실제 편의점 도시락을 먹는 사람의 입장에서 이런 식으로 따져봐야 자기 마음만 상한다. 영양 가치는 훌륭한데 맛이 없다거나, 단백질 함량은 높은데 나트륨도 많다는 식으로 생각하면 마음이 불편하다. 가성비 좋고 맛도 무난하다거나(도시락 구매자), 형편없는 맛에 건강에도 좋지 않다(도시락 기피자)고 믿어야 인지부조화를 줄일 수 있다. 편의점 도시락이라는 식품에 대한 평가는 그런 식으로 사실보다 평가자의 믿음을 반영하는 쪽으로 치우친다. 음식을 바라보는 사람의 관점에서 객관성이란 무의미, 또는 비현실과 동의어다.

얼마 전 보도된, 일주일 동안 점심으로 편의점 도시락만을 먹는 실험에 도전했다는 두 기자의 경험담에도 그러한 편견이 묻어난다. 두 사람 모두 소화가 잘 안 되는 불편을 호소했다. 나도 그랬다. 도시락만 먹으면 속이 더부룩하고, 트림도 더 많이 나오는 것 같고, 제법 오랫동안 배도 고프지 않았다. 편의점 도시락에 모종의 유해 성분이 들어 있기 때문일까? 그렇지 않다. 포만감이 오래 지속되는 것은 지방과 단백질 함량이 높기 때문이고, 소화불량 증상이 나타나는 것은 찬밥 속의 저항성 전분 때문이다. 우리가 먹는 쌀밥에는 빠르게 소화되는 전분RDS과 천천히 소화되는 전분SDS, 저항성 전분RS, 이렇게 3가지의 전분이 들어 있다. 소화가 어려운 저항성 전분 함량이 높아질수록 소화가 더뎌지고, 혈당이 천천히 오르고, 포만감은 오래 지속된다. 당뇨 환자나 다이어트 중인 사람에게는 좋은 소식이다. 하지만 장이 민감한 사람에게는 나쁜 소식이다. 저항성 전분이 제대로 소화되지 않은 채 대장까지 내려가서 장내 미생물의 먹이가 되면 가스가 차고 속이 불편하다. 캐나다 궬프 음식 연구소의 실험 결과, 일단 냉장 보관으로 저항성 전분 함량이 높아진 밥을 15분 동안 재가열해도 저항성 전분 함량에는 별 차이가 없다. 좋게 말하면 찬밥을 전자레인지에 2분 정도 데워 먹어도 저항성 전분의 소화 지연 효과를 볼 수 있고, 나쁘게 말하면 소화가 안 되는 건 마찬가지라는 것이다. 집밥이든 편의점 도시락이든 찬밥은 소화가 어렵다.

무너진 균형

도시락, 김밥처럼 편의점에서 판매하는 쌀 가공식품의 판매량이 연간 3억7000만 개라니, 하루 평균 100만 명이 편의점에서 식사를 해결하고 있는 셈이다. 백종원 도시락 2종만 해도 출시되어 2주 만에 100만 개가 팔렸다. 한 달에 200만 명이 먹고 있는 음식이라면 그 음식만 들여다봐도 식문화가 변하는 방향을 짐작할 수 있다. 고지방 고단백 다이어트 맞다. 하지만 저탄수화물 다이어트는 아니다. 탄수화물은 그대로 먹고, 지방과 단백질만 늘리고 있다. 도시락 한 끼의 탄수화물은 하루 기준 섭취량의 1/3을 살짝 밑돌고 단백질과 지방은 절반 수준이다. 삼시 세끼를 도시락으로 먹으면 탄수화물은 적당하고, 단백질과 지방은 기준보다 50%를 초과해서 먹게 되는 셈이다. 체중이 느는 게 당연하다. 도시락 속 식단의 균형도 점점 더 무너지고 있다. 채소를 먹기는 점점 더 어려워지고 있다. 백종원 도시락이 출시된 초창기만 해도 도시락 반찬에 볶음김치 외에도 녹색 채소가 조금은 눈에 띄었다. 1년여 시간이 흐른 지금 유채나물은 사라지고, 마늘종게맛살볶음이 그 자리를 대신했다. 고기반찬은 늘리고, 얼마 되지 않던 채소 비중을 더 줄였다. 도시락 뚜껑 속 인물의 건강미와는 거리가 한참 멀어 보이는 찬 구성이다. 중간은 없고 양극단만 보이는 세상에서 도시락 뚜껑 속의 사람과 그 도시락을 먹는 사람 사이의 간극은 점점 더 벌어져만 간다.

시리얼 다이어트의 진실

시리얼이 걸어온 길

어느 날 당신에게 특별한 임무가 주어졌다. 마트에서 뷔페식으로 음식을 차리라는 미션이다. 이때 가장 빠르게 완성할 수 있는 음식은? 바로 시리얼 섹션이다. 미리 가지런히 진열된 다양한 시리얼 박스를 뜯어 투명한 유리 그릇에 옮겨 담고 우유를 가져다두는 것만으로도 변신 완료다. 아침 식사로 시리얼은 호텔 뷔페에서건 마트에서건 자연스럽다. 가공식품을 그대로 내어놓는다며 투덜대는 사람은 아무도 없다.

"좋은 선택만으로도 당신은 달라질 수 있습니다." 시리얼에는 건강식품으로서의 당당함이 느껴진다. 마트에 진열된 시리얼은 자신을 바라보는 사람들의 눈길이 같은 미국 출신의 햄버거, 콜라와는 다르다는 사실을 정확히 알고 있다. 그럴 만도 하다. 1863년 아침 식사용 시리얼을 처음 발명한 제임스 칼렙 잭슨James Caleb Jackson부터, 20세기 초 시리얼의 대유행을 이끈 켈로그Kellogg 형제와 C.W. 포스트Post에 이르기까지 시리얼이 건강식품이라는 주장은 일관성 있게 계속된 것이기 때문이다.

하지만 우여곡절이 많았다. 시리얼이 소화를 돕는다는 잭슨의 주장과는 달리 밀기울이 섞인 그래눌라Granula(이후 이 명칭은 켈로그에 의해 그래놀라Granola로 바뀐다)는 너무 단단해서 하룻밤을 우유에 재워두어야만 먹을 수 있었다. 또한 정반대로 20세기 중반에는 소화를 돕는다는 똑같은 이유로 섬유질을 제거한 밀가루로 만든 시리얼이 주류가 되기도 했다. 죽은 뇌신경세포를 살리고, 신경 과민을 완화하며,

소화 불량과 피부 이상, 비만과 충치를 개선한다는 주장이 이어졌지만, 이를 뒷받침하는 근거는 없었다. 참다못한 미국 정부가 업체들의 허위 광고를 중단시키고 나니 반대로 설탕을 가득 넣은 시리얼이 떠올랐다. 이처럼 한때는 설탕이 전체 무게의 절반을 넘는 시리얼이 버젓이 판매되기도 했다. 사람들이 구입하는 식품의 영양정보 표시가 개와 고양이 사료보다 부족했음에도 불평하는 사람이 없었던 시절이었으니 그럴 만했다. 하지만 1970년 시민운동가 로버트 초트Robert Choate가 당시 시리얼 제품 대부분이 영양 성분의 구성이 보잘것없이 치우쳐 있다는 사실을 지적하면서 상황이 반전됐다. 설탕에 대한 비난의 파도를 타고 시리얼에 대한 불만도 함께 커졌다. 그러나 제조사들이 비타민, 미네랄과 단백질로 발 빠르게 시리얼의 영양을 강화하는 조치를 취하면서 시리얼은 다시 건강식품으로서의 위상을 되찾기 시작했다.

시리얼과 체중 감량

요즘 마트에서 판매하는 시리얼에는 체중조절용 조제식품으로 표시된 제품들까지 있다. 포장지 뒷면의 설명에 의하면 이들은 "체중의 감소 또는 증가가 필요한 사람을 위해 식사의 일부 또는 전부를 대신할 수 있도록 필요한 영양소를 가감하여 조제된 식품"을 의미한다. 정확한 설명이다. 늘씬한 모델 사진을 보고 있으면 체중 감소를 떠올리는 사람이 많겠지만, 체중조절용 조제식품이란 체중을 감소하기 위한 목적으로도, 체중을 늘리기 위한 목적으로도 먹을 수 있는 식품이다.

차이는 영양 성분의 구성이다. 보통 시리얼 1회 섭취 분량에는 단백질 함량이 하루 영양소 기준치의 4~5%에 불과하지만, 체중조절용 시리얼은 우유에 타지 않은 상태에서도 단백질, 칼슘, 철, 아연이 하루 영양소 기준치의 10% 이상이다. 여기에 8가지 비타민 함량이 하루 영양소 기준치의 25% 이상이라는 조건도 추가된다(시장에 출시된 제품에는 대부분 비타민 D가 추가되어 9가지 비타민이 표시되어 있다). 체중조절용 시리얼을 40g씩 우유 200ml에 타서 먹으면 한 번에 220kcal를 조금 넘는 수준이다. 이 양을 하루에 4~5회가량 먹는다면 제품에 표시된 비타민과 미네랄 섭취량은 하루 기준치를 충분히 넘으면서도 열량은 1000kcal 내외가 된다. 쉽게 말해, 섭취 칼로리가 모자라니 체중은 줄어들고, 그럼에도 불구하고 비타민과 미네랄은 충분하므로 건강에 해가 덜하다는 것이다. 그러나 그뿐이다. 시리얼 다이어트에 마법은 없다. 우유를 같은 양으로 하고 시리얼을 80g씩으로 늘리면 한 번에 섭취하는 열량은 400kcal에 가깝다. 이런 식으로 하루에 다섯 번만 먹으면 섭취 칼로리는 2000kcal에 달하여 체중이 줄어들기는 어려워진다. 여기서 더 먹거나 다른 음식을 추가하면 체중은 증가한다. 체중조절용 조제식품도 많이 먹으면 살이 찐다.

건강 중심 문화의 맹점

“좋은 아침! 좋은 생각!” 시리얼 포장에는 아침 식사가 건강에 유익하다는 주장도 담겨 있다. 물론 성장기 청소년에게는 아침 식사가 중요하다. 하지만 저명한 영양학자 매리언 네슬Marion Nestle은 성인에게 아침 식사가 얼마나 중요한지는 아직 분명치 않다고 지적한다. 네슬은 자신의 책 『무엇을 먹을 것인가』에서 아침 식사에 대한 수많은 연구가 시리얼 회사의 후원을 받은 것이며, 시리얼 회사는 “사람들이 아침을 꼭 먹어야 하는 것이며 아침 식사는 곧 ‘곡물Cereal’을 뜻한다고 생각하기를 원한다”고 지적했다. 전날 저녁 두 끼 분량의 과식을 하고 나서도 굳이 건강 때문에 아침 식사를 챙겨 먹어야 한다는 주장에 대한 과학적 근거는 적은 셈이다.

그럼에도 불구하고 시리얼에는 또 다른 진실이 숨어 있다. 올해도 여지없이 당류와 건강, 음식 문화에 대한 논란이 뜨겁다. 시리얼에도 당분이 많다. 체중조절용 시리얼에는 1회 제공량에 8~10g의 당류가 들어 있다. 세 번만 먹어도 세계보건기구의 하루 당분 섭취 권장량 25g을 넘어선다. 그러나 최근 호주 캔버라 대학교에서 시리얼에 대한 232건의 연구 결과를 종합 분석한 바에 따르면, 시리얼을 먹는 것은 건강에 유익한 것으로 보인다. 심지어 아이들이 달콤한 시리얼을 먹는다고 해서 비만이나 과체중의 위험이 증가하지는 않는 것으로 나타났다. 겨우 8~9가지의 비타민 분말을 첨가했다고 해서 시리얼이 건강식이 될 수는 없지 않겠냐고 반문할 수도 있다. 하지만 시리얼을 많이 먹는 사람들은 대체로 비타민과 미네랄을 충분히 섭취하며 전체 칼로리와 지방의 섭취가 적고, 충치의 위험도 낮은 것으로 드러났다.

물론 자유로운 사람을 대상으로 하는 음식 연구에서 인과 관계를 집어내기는 어렵다. 그러나 사람보다 음식 선택이 덜 자유로우며, 평생 조제식을 먹고 사는 애완동물들의 수명이 점점 증가하고 있다는 사실로 미루어볼 때, 시리얼이 건강에 유익한 것은 분명해 보인다. 2002년부터 2012년 사이의 미국 고양이 수명은 10%, 개의 수명은 4%가 늘었다. 사실 사람이든 동물이든 오랫동안 먹을거리를 얻는 게 대단히 불안정한 환경에서 버텨왔다는 점을 감안하면, 최소한의 음식으로 건강을 유지할 수 있는 것이 맞다.

의식주에서 유독 음식에 대한 생각은 비현실적인 경우가 많다. 건강을 위해서는 깨끗하고 채광이 좋으며, 온도 조절이 원활하고 통풍이 되는 집이 필요하다. 하지만 그런 최소 조건을 넘어서는 집이 건강에 더 좋은 건 아니다. 건강에 필요한 최소 조건을 갖춘 의복이 반드시 비싸야 할 이유는 없다. 먹어서 내 몸속으로 들어온다는 생각에 음식과 건강에 대해서는 지나치게 까다로운 사람들이 많지만, 사실 건강에 필요한 음식의 기준이 복잡하고 어려워야 할 이유는 없다. 최소한의 조건만 맞추면 된다. 많은 사람의 생각과는 달리 그 최소한의 조건이 반드시 무설탕, 유기농, 무첨가물, 천연 식품인 것은 아니다. 최소한의 옷,

최소한의 집과 마찬가지로 최소한의 영양 균형을 맞춘 음식이면 충분하다. 다만 그 최소한의 조건으로 문화의 다양성을 논할 수는 없다. 우유에 말아 먹는 시리얼은 애초부터 맛보다 영양을 우선시한 사람들이 만들어낸 식품이다. 거기서 한 발짝 더 나아간다면 언젠가는 필요한 모든 영양 성분을 농축시킨 알약이나 음료를 만들 수도 있을 것이다. 물 한 잔에 알약만 삼키면 식사 끝. 간편하고 시간을 절약할 수 있으며 건강과 체중을 걱정할 필요가 없다. 하지만 그렇게 되는 순간 인류가 쌓아온 음식 문화는 사라질 것이다. 건강 중심으로 음식을 논하려 하는 시도는 그래서 위험하다. 건강은 문화에 비하면 너무 좁은 개념이다. 넓게 봐야 즐겁다.

소시지 섭취의 득과 실

미생물과 벌인 오랜 전쟁

계산대에서 소시지를 한가득 봉투에 담으니 기분이 뿌듯했다. 소시지는 인간이 미생물과 벌인 치열한 전쟁과 승전의 기록을 담고 있는 음식이다. 이름부터 그렇다. 소시지Sausage라는 단어는 소금을 뿌렸다는 뜻의 라틴어 '살시치아Salsicia'에서 비롯되었다. 염장은 미생물과의 전쟁에서 버티기 위해 꼭 필요한 방어 장치다. 영양소가 풍부한 고기는 미생물도 좋아하기 때문에 그대로 두었다가는 미생물의 공격을 받아 고기가 변질되는 사태를 피할 수 없다. 세균과 곰팡이도 먹고살려면 우선 물이 필요하다. 소금이 물을 빼앗아가면 미생물은 눈앞에 고기를 두고도 전사하거나 발이 묶여 꼼짝할 수 없는 처지가 된다. 고기 속에 원래부터 존재하는 분해 효소는 쪼그라든 근육 세포 속에서도 잘 작동하여, 소금에 절인 고기를 건조한 곳에 보관하는 동안 단백질을 쪼개고 감칠맛이 풍부한 성분으로 변화시킨다. 동시에 지방은 분해되어 과일 향의 향기 물질로 탈바꿈한다. 그렇게 돼지 뒷다리는 하몽이 된다. 1년 반에서 3년에 이르는 장기간의 건조와 숙성을 거친 햄에 농축된 풍미는 소금과 바람의 도움으로 미생물과의 전쟁에서 승리한 인간에게 주어지는 값진 보상이다.

오랜 전쟁의 유물은 소시지 포장의 뒷면에서도 찾을 수 있다. 나열된 원재료 가운데 유산균발효분말 또는 야채발효균이 금방 눈에 띈다. 소시지에 야채발효균을 넣는 원리는 김치나 치즈를 발효시키는 것과 마찬가지다. 잘게 간 고기를 적당한 농도의 소금에 절여서 건조한 곳에서 숙성시키면 인체에 해로운 세균의 증식은 억제되고 소금에 둘러싸여도 어느 정도 버틸 수 있는 유산균은 살아남아 고기를 발효시킨다.
사람의 편에 서서 유산균이 내놓는 유기산 성분은 다른 세균의 증식을 막고, 분해된 단백질과 지방 조각들과 어우러져 발효 소시지 특유의 맛과 쫄깃한 질감을 낸다. 말 그대로 이이제이以夷制夷다. 살라미Salami를 씹을 때 시큼하면서도 톡 쏘는 맛이 즐겁게 느껴지는 이유는 일단의 세균으로 다른 세균 무리를 제압하여 거둔 승리의 기쁨 때문일지도 모르겠다(살라미 역시 '소금에 절인 고기'라는 뜻의 이탈리아어 '살라메Salame'에서 유래한 말이다).

소금을 이용한 고기를 저장하는 데는 단점이 있다. 소금은 지방의 산화를 촉진시킨다. 겨울철 도로 제설을 위해 소금을 뿌리면 자동차에 쉽게 녹이 스는 것과 비슷한 원리다. 고기의 지방이 산패하여 맛이 변질되는 것을 막으려면 방어 장치를 추가해야 한다. 이때 종종 사용되는 것이 아질산염MINO2과 훈연이다. 적색육에 풍부하게 들어 있는 철분은 빈혈에는 도움이 되지만, 지방과는 사이가 좋지 않다. 철분은 지방 산화를 촉진시켜 고기 맛을 변질시킨다. 가공육에 첨가하는 아질산염은 철분에 들러붙어서 지방과 철분이 만나지 못하도록 한다. 덕분에 고기의 색도 선홍색으로 유지된다. 훈연도 고기 지방의 산패를 막는 한 가지 방법이다. 나무를 불에 때울 때 나오는 연기 속의 다양한 항산화 물질을 이용해서

지방 산화를 방지하는 것이다. 나무 연기 속의 일부 휘발성 성분에는 미생물의 번식을 직접 억제하거나 살균하는 효과도 있다.

소시지를 만드는 현대적 방식

그러나 요즘 마트에 진열된 소시지 가운데서 보존 기간을 늘릴 수 있을 정도로 오랜 훈연을 거친 제품은 찾아보기 어렵다. 훈연 향이나 시즈닝을 넣은 것들이 대부분이다. 그중 "유럽산 너도밤나무로 훈연했다"는 소시지가 눈에 띄긴 했다. 하지만 이 제품 역시 아마도 가볍게 훈연 공정을 거쳤다는 뜻일 것이다. 오늘날 훈연은 와인을 오크통에 넣어 숙성시킬 때처럼 주로 맛을 위한 처리 과정이다. 나무 연기의 풍미를 가공육에 더하기 위한 목적으로 비교적 가볍게 사용된다. 훈연을 너무 오래하면 나무 연기 속의 유해 물질이 축적되어 인체에 해로울 수도 있다고 우려하는 목소리가 커졌기 때문이다.

모든 것이 흔적뿐이다. 현대적 방식으로 생산된 햄과 소시지에 들어 있는 소금의 양은 장기간 보관을 위한 용도로는 턱없이 부족하다. 제품에 첨가된 야채발효균과 유산균도 맛을 내기 위함일 뿐이다. 훈제 처리 역시, 유해균의 증식과 부패를 막기에는 모자란 수준이다. 그럼에도 불구하고 햄과 소시지가 한 달 남짓 유통이 가능한 것은 가열해서 미리 익히고 냉장 보관하기 때문이다. 19세기 말 세계를 주름잡기 시작했던 독일식 삶은 소시지는 본래 통조림에 넣어서 팔렸다. 냉장 진열대가 늘어선 오늘날의 마트에는 평온함이 깃들어 있다. 우리는 전보다 훨씬 더 안전한 방법으로 음식을 즐기고 있다. 냉장고는 인간이 미생물과의 오랜 음식 전쟁에서 승리하고 있음을 보여주는 상징물이다.

해악의 대상이 된 소시지

소시지에 기록된 전쟁의 역사는 잊혀지고 있다. 19세기 초 나폴레옹 전쟁으로 빈곤해져 음식의 위생을 제대로 관리할 수 없게 되자, 독일 남부에서 소시지 식중독이 크게 증가했다. 정부가 나서서 소시지의 해악에 대한 경고문을 공시할 정도였다. 거의 백년 뒤에야 사람에게 치명적인 소시지 식중독의 원인균이 밝혀졌다. 유해 세균의 증식을 억제하는 아질산염 처리가 충분치 않으면 소시지 속에서 자라난 미생물이 독소를 만든다. 아주 적은 양으로도 구토와 마비를 일으키는 강력한 독소를 만들어내는 이 세균은 소시지를 뜻하는 라틴어 '보툴루스Botulus'를 따라 보툴리누스균으로 이름 붙여졌다. 보툴리누스균이 만든 강력한 독소는 이제 극미량으로 사용되어 피부의 주름을 펴는 보톡스로 더 잘 알려져 있다. 보툴리누스가 소시지에서 나온 말이라는 사실을 아직도 기억하는 사람은 드물다.

미생물과 벌인 음식 전쟁에서 승리한 인간은 암으로 눈을 돌렸다. 2015년 10월 세계보건기구 산하 국제암연구소는 마침내 가공육을 1군 발암 물질, 적색육을 2군 발암 물질에 포함시켰다. 그럼에도 내 주변에는 이번 발표가 놀랍지 않다는 사람이 많다. 당연한 반응이다. 수십 년 전부터 계속된 일이니까. 뉴욕타임스의 건강 칼럼니스트 제인 E. 브로디Jane E. Brody는 1987년 5월 6일자 신문에서 "거의 한 주도 쉬지 않고 우리가 먹는 음식, 마시는 음료, 숨 쉬는 공기에 또 다른 발암 물질이 들어 있다는 소식이 들린다"고 썼다. 비영리 단체인 세계암연구재단WCRF은 1997년에 이미 가공육과 적색육이 대장암의 위험을 증가시킨다는 보고서를 내놓았다. 문제의 원인이 무엇인지는 아직 아무도 모른다. 가공육과 적색육을 가열 조리할 때 만들어지는 화합물 때문일 수도 있고, 적색육에 풍부한 헴철Heme Iron 때문일 수도 있으며, 고기에서 과잉 섭취하게 되는 지방 때문일 수도 있다. 아니면 이들 모두가 합쳐져서일 수도 있다.

골고루 적당히 먹는 게 정답

우리는 발암 물질로 뒤덮인 세상에서 살고 있다. 소시지는 햇빛, 흡연, 술과 함께 1군, 바비큐와 고열 조리가 뿜어내는 연기는 적색육과 함께 2A군 발암 물질로 분류된다. 주의할 점은 세계보건기구의 발암 물질 분류 기준은 과학적 근거가 얼마나 확실하냐에 따른 것일 뿐, 위험성에 따른 것이 아니라는 것이다. 같은 1군이라도, 가공육 과잉 섭취로 인한 경우보다 흡연으로 인한 암으로 사망하는 사람의 수가 30배 많고, 음주로 인한 암 사망자 수는 20배, 대기 오염으로 인한 사망자 수는 6배가 더 많은 것으로 추산된다. 가공육을 많이 먹어서 좋을 일도 없지만, 그보다는 담배를 끊고 음주를 줄이고, 환경 문제에 주의를 기울이는 게 건강에 더 유익하다.

김치를 많이 먹으면 대장암의 위험을 줄일 수 있다는 주장도 들린다. 그럴지도 모른다. 하지만 위에는 문제가 될 수 있다. 세계보건기구에 의하면 김치와 절인 채소는 2B군 발암 물질로 위암을 일으킬지 모른다는 의심을 받고 있다. 칼슘이 풍부한 우유와 유제품을 많이 섭취하면 대장암을 예방할 수 있다는 주장도 있다. 하지만 칼슘을 너무 많이 먹으면 전립선암이 증가한다는 반론에도 귀를 기울여야 한다. 음식 속에는 발암 물질과 항암 물질이 섞여 있으니, 다양한 음식을 골고루 적당히 먹는 게 정답이다. 역사 이래 내 몸 사용설명서는 변하지 않았다.

세상은 완벽하지 않으며, 모든 것에는 득실이 있다. 고기를 너무 많이 먹으면 암을 유발한다지만, 고기를 안 먹는다고 건강해지는 것도 아니다. 35세 이후로 매년 감소하는 근육량을 보존하려면 운동과 양질의 육류 섭취는 반드시 필요하다. 다행히 마트에서 구입해온 소시지는 아직 절반 이상 남아 있다. 천천히 조금씩 다 먹으면서 행복을 누려봐야겠다.

냉면이 감춰왔던 이야기

마트 냉면의 실체

여름이면 페이스북과 트위터, 인스타그램은 평양냉면 전문점의 순위를 매기고, 전통의 평양냉면 명가와 신흥 강호를 비교하고, 사진을 보고 어느 집의 냉면인지 맞히려는 사람들로 들썩거린다. 하지만 마트의 대세는 함흥냉면이다. 심지어 평양냉면이라는 이름을 달고 나온 제품도 실제로 먹어보면 함흥식이다. 밀가루에 전분과 소다를 넣어 탄력을 준 면발에는 소량의 메밀가루가 존재감 없이 뒤섞여 있다. 뚝뚝 끊어지는 순면, 심심한 육수의 맛을 마트 냉면에서 찾아보기란 불가능에 가깝다. 기술적으로는 충분히 가능한 일이다. 면의 메밀 함량이 35.2%라는 막국수는 조금 거칠기는 하지만 입안에서 잘도 끊어진다. 제조사의 선택은 결국 소비자다. 마트 냉면의 주류가 함흥식이란 것은 대중의 취향이 쫄깃한 면발 쪽으로 치우쳐 있음을 보여주는 것이다.

냉면의 위험한 과거

과거에도 대세는 늘 쫄깃한 면발이었다. 1930년대 신문 기사를 보면 당시 냉면의 면발을 짐작할 수 있는 사건이 여러 차례 등장한다. 냉면 중독에 대한 기사들이다. 여기서 중독은 냉면 맛에 중독되는 게 아니다. 냉면으로 인한 식중독을 말한다. 1933년 한 해 동안 보도된 냉면 중독자의 수만 해도 6월 신의주에서 15명, 7월 평양에서 50명, 9월 경기도 장단에서

10여 명, 평양에서 20명에 이를 정도였다. 당시 냉면으로 인한 식중독의 원인은 크게 보아 둘 중 하나였는데, 썩은 소고기를 사용했거나 냉면에 가성苛性 소다를 첨가했기 때문이었다. 부패한 소고기야 냉장 시설이 부족했던 탓이겠지만, 냉면 반죽에 가성 소다를 넣은 이유는 뭐였을까? 메밀가루만 가지고는 응결력이 부족하여 쉽게 끊어지고 풀리는 문제가 있기 때문이다. 반죽을 알칼리로 처리하면 면발이 잘 끊어지지 않고 삶을 때 풀리는 문제도 해결된다. 알칼리로 처리한 면발은 입에 넣으면 비눗물을 칠한 것처럼 미끄러진다. 거친 메밀면의 특성을 소다가 잡아주는 것이다. 문제는 식용 소다(탄산나트륨) 대신 부식성이 강한 가성 소다(수산화나트륨)를 넣었던 데 있다. 냉면집 주인이 값싼 가성 소다를 반죽에 넣다가 농도 조절에 실패라도 했다 치면 강알칼리성의 가성 소다가 사람들의 위에 가혹하게 화상을 입혔고 이로 인해 일부는 사망에 이르고 말았다.

기록은 기억과 다르다. 신문 기사를 통해 냉면의 과거를 되돌아보면, 맛보다 자주 등장하는 것은 위생 문제다. 여름철 상하기 쉬운 재료와 소다의 문제와 더불어 냉면에 사용되는 얼음에도 종종 결함이 있었다. 천연빙을 사용한 것이다. "천연빙은 보건에 위험하다"는 1957년 5월 11일자 <경향신문>의 기사를 보면, 그때까지만 해도 다방의 냉커피와 냉면에 사용되던 얼음의 상당수가 한강 중류에서 겨울 동안에 떠놓은 얼음, 즉 천연빙이었다. 강물이 그대로 얼어붙은 것이니 당연히 병균이 득실거렸고 그로 인해 배탈을 일으키기 십상이었다. 천연빙과 인조빙을 구분하기 위해 서울시에서 나서서 인공적으로 만든 얼음에 노란 물감을 들일 정도였다. 노란색으로 물들인 얼음이 식용으로 안전한 '인조빙'이라는 표시니 노란색 얼음을 먹으라는 것이었다.

냉면과 현재주의

이쯤 되면 어떻게 계속해서 냉면을 먹어왔는지가 궁금해질 지경이다. 여름철 냉면 중독으로 생명을 잃은 이가 비일비재했는데도 왜 사람들은 냉면 먹기를 중단하지 않은 걸까? 기록을 보면, 사건이 터진 직후에는 냉면을 꺼리는 사람이 많았다. 면옥에는 적막이 흘렀고, 폐업하거나 휴업하는 곳도 있었다. 그렇지만 다음 해 여름이 되면 도돌이표가 붙은 악보처럼 똑같은 일이 반복되었다. 사람들은 다시 냉면집을 찾았고 이내 식중독 사고가 터졌다. 1937년 한 해에만 508명이 냉면 중독으로 집계되었고 3명이 사망했지만, 바로 다음 해인 1938년 여름이 되자 여지없이 같은 상황이 반복되었다. 어떻게 된 일이었을까? 현재주의 때문이다. 하버드 대학의 심리학자 대니얼 길버트Daniel Gilbert는 우리가 현재 중심적 사고방식을 가지고 있음을 지적한다. 과거와 미래의 일에 대해 상상할 때도 지금 자신이 처해 있는 시간, 장소, 상황의 한계를 벗어나기 어렵다는 것이다. 무덥고 습한 날, 냉면을 앞에 놓고 지난해 여름에 냉면을 잘못 먹고 수백 명이 식중독으로 고생했다는 사실을 기억해내는 사람은 드물다. 대니얼 길버트는 현재주의에 휘둘리는 사람의 심리를 한탄하며 심리학자인 자기 자신도 추수감사절에 숨을 쉴 수 없을 정도로 과식한 후 다시는 음식을 먹지 않겠다는 결심을 하고는 채 하루도 지나지 않아 다시 칠면조 고기를 먹어치웠다고 털어놓는다.

음식 맛을 상상할 때도 현재주의가 작동한다. 1929년 12월 1일자 <별건곤>이란 잡지에 실린 필명 김소저라는 사람의 글을 보자. "살얼음이 뜬 진장 김칫국에다 한저 두 저 풀어 먹고 우루루 떨려서 온돌방 아랫목으로 가는 맛! 평양냉면의 이 맛을 못 본 이요! 상상이 어떻소?" 에어컨 고장으로 나흘째 더위에 시달린 나로서는 시원할 것만 같다. 살얼음이 뜬 동치미 국물에 타래 지은 냉면 한 대접을 후루룩 들이켜면 얼마나 좋았을까? 물론 잘못된 상상이다. 김소저가 글을 쓴 때는 차디찬 1929년의 겨울이다. 이가 떨리는 추운 겨울에 차가운 냉면을 들이켤 수는 없다. 한두 젓가락만 먹고도 우루루 떨려서 아랫목에서 잠시 몸을 녹이고서야 가까스로 다음 젓가락을 집어 들 수 있었을 것이다. 한 젓가락 입에 넣고 차가워진 몸을 녹이고, 다시 한 젓가락 들고 몸을 녹이면서 천천히 냉면을 맛보면 냉면 맛에 더욱 집중할 수밖에 없다. 겨울 냉면의 맛이 반드시 여름 냉면보다 뛰어나지 않아도 괜찮다. 추운 날 천천히 조금씩 먹는 겨울 냉면은 먹는 방법 자체가 미식이다.

여유가 주는 미식

식중독을 두려워하며 냉면을 먹던 시대는 지났다. 신흥 강호와 전통 명가가 겨루는 평양냉면의 맛이야 말할 것도 없고, 집에서 간편하게 조리해서 먹는 마트 냉면조차 과거 일부 대중음식점에서 먹던 누린내 나는 냉면보다는 더 맛있고 위생적이다(간혹 집에서 먹는 마트 냉면과 대중음식점의 냉면이 동일한 제품인 경우도 있다). 문제는 그것을 먹고 소비하는 방법이다. 냉면에는 딱 두 종류, 배고플 때 먹는 냉면과 배부를 때 먹는 냉면이 있다. 배고픈 사람은 배부른 상태를 상상할 수가 없다. 허기진 상태라고 감각이 더 예민해지지 않음에도 배고픈 사람은 음식 맛을 더 높이 평가한다. 미식을 제대로 즐기려면 우선 배가 적당히 부른 상태여야 한다. 독일의 미식 저술가 하이드룬 메르클레Heidrun Merkle가 자신의 책 『식탁 위의 쾌락』에서 쓴 것처럼 “우리는 더 이상 배고프지 않을 때 전혀 다른 눈으로 음식을 관찰하고, 전혀 다른 맛을 느낄 수 있다. 더 이상 배를 부르게 하는 일에 신경 쓰지 않아도 된다는 사실은 우리를 자유롭게 만들고 탐욕에서 벗어나 진정한 맛을 즐기게 한다.” 냉면으로 치면 선주후면先酒後麵이다. 불고기든 닭무침이든 편육이든 만두든 간에 먼저 약간의 안주와 술로 배고픔을 잊은 상태라야 진정한 냉면의 맛을 느낄 수 있다.

평양냉면과 함흥냉면 중에 뭐가 더 맛있느냐, 요즘 냉면집 가운데 가장 맛있는 곳이 어디냐를 따지는 것은 부질없는 일이다. 음식은 이미 훌륭하다. 푸드 칼럼니스트 박정배의 말처럼 우리는 "지금 인류 역사상 가장 맛있는 음식"을 먹고 있으며 "최상의 재료를 이용해 최적의 환경에서 전문 요리사들이 만들어내는 미식의 시대"에 살고 있다. 하지만 제아무리 맛있는 음식이라도 즐기는 자의 여유가 없다면 미식을 말하기 어렵다.

마트 냉면의 맛이 전보다 향상된 것은 사실이지만, 아쉬운 부분도 많다. 특히 면에 갈색을 내기 위해 흑미 가루나 오징어 먹물을 넣은 것은 실망스럽다(막국수 제품 중에는 면에 코코아 파우더를 넣은 것도 있다). 하지만 더 큰 한숨이 나오는 건 좀처럼 여유를 찾기 힘든 삶 때문이다. 삶은 달걀과 오이를 넣어 먹으면 더욱 맛이 좋다는 조리법 안내문을 뒤로하고 50초 동안 끓인 면을 얼른 건져 물에 씻고 육수에 말아 먹기 바쁘다. 그 와중에 미식은 점점 더 멀어져간다. 1929년 김소저의 냉면보다 그의 삶이 부럽다.

간식에 관하여

食
探

허니와 버터의 동행에 대하여

벌꿀과 버터의 전혀 다른 삶

미식가라면 반드시 허니버터칩을 맛봐야 한다. 맛을 평가하기 위해서는 아니다. 공장에서 대량 생산한 과자 맛은 분명 한계가 있다. 하지만 오랜만에 벌꿀과 버터가 만나 거둔 성공이라는 면에서는 주목할 필요가 있다. 서로 닮았으면서도 전혀 다른 삶의 궤적을 그려온 둘의 만남이다. 벌꿀은 원래부터 잘나가는 집안 출신이다. 8000년 전에 그린 것으로 추정하는 스페인 발렌시아의 아라냐 동굴 벽화는 야생 벌꿀을 채집하는 장면을 묘사하고 있다. 나무나 바위의 갈라진 틈에서 벌이 윙윙거리는 가운데 꿀을 따는 건 위험천만한 행동이지만, 꿀은 그런 위험을 무릅쓰고 모을 만큼 가치 있는 음식이었다. 4000년 전 수메르 시인이 꿀처럼 달콤한 신혼 침실을 노래했을 때도, 고대 그리스인들이 꿀을 제사에 바치고 로마인들이 꿀을 천상의 음식으로 칭송했을 때도, 16세기 영국에 허니문이라는 단어가 등장했을 때도 그랬다. 꿀은 언제나 특별하고 신성하며 만족을 주는 음식이었다. 설탕이 악의 축으로 지목되는 현대에도 꿀은 자연의 재료이며 건강에 좋다고 여기는 사람이 많다.

반면 우유 가문에서 태어난 버터의 삶은 평탄치 못했다. 1세기 로마의 자연사학자 플리니우스는 버터를 '야만인의 음식'이라고 무시했다. 중세에 이르러서 버터와 유제품의 소비가 점차 늘어났지만, 버터가 유럽 상류층의 식탁 한가운데 자리 잡기까지는 수백 년이 걸렸다. 유제품은 빈곤의 상징이고, 버터는 가난한 농민의 음식이라는 오랜 고정관념 때문이었다.

17세기에야 마침내 버터가 고급 유럽요리의 중심으로 들어왔지만 영광은 오래가지 않았다. 이번에는 건강이 문제였다. 버터와 유제품에 들어 있는 포화지방과 콜레스테롤이 심장병의 원인이 된다는 것이었다. 1984년 3월 26일자 <타임>지는 대표 유해 음식으로 버터를 지목하며 "달걀과 버터는 빼라"는 표제 기사를 내보내기도 했다. 심지어 2014년에는 하루에 우유를 세 잔 이상 마시면 사망 위험이 증가한다는 논문이 발표되었다. 거의 모든 음식에 버터를 사용하는 것으로 유명한 스웨덴에서 그런 논문이 발표되었으니 버터로서는 정말 억장이 무너질 일이었다.

벌꿀의 영양학적 가치

꿀을 향해서는 달콤한 칭송만 이어졌다. 영양학적으로는 이해하기 어려운 일이다. 벌꿀의 주성분은 당이기 때문이다. 종류에 따라 조성 차이가 있지만 꿀의 주성분은 포도당과 과당 그리고 약간의 설탕(자당)이다. 원래 식물의 꽃꿀(화밀)에는 주로 설탕이 들어 있다. 사탕수수에 설탕이 들어 있는 것과 마찬가지다. 꿀의 주성분이 포도당과 과당인 이유는 꿀벌이 전화 효소로 꽃꿀을 처리하기 때문이다. 한 전문가는 모 일간지와의 인터뷰에서 "설탕은 이당류라 에너지원이 되려면 대사 작용을 거쳐야 하지만, 단당류인 포도당과 과당으로 구성된 꿀은 바로 흡수되기 때문에 빠르게 에너지원으로 이용할 수 있다"면서

"설탕보다 꿀이 건강에 좋다는 건 이런 이유에서다"라고 했다. 정말 그럴까? 이당류인 설탕과 단당류인 포도당, 과당의 흡수 속도에 차이가 없다는 것은 1960년대에 이미 실험으로 증명한 사실이다. 인체의 소화 효소가 설탕을 분해하고 흡수하는 속도가 워낙 빠르기 때문이다. 게다가 꿀이 포도당과 과당이라 몸에 좋다면, 같은 이유로 단당류인 포도당과 과당을 설탕 대신 넣은 콜라와 사이다도 건강에 좋은 음료라고 말할 수 있다. 아이스커피에 시럽을 넣어 마실 때도 건강을 걱정할 이유가 없을 것이다. 설탕을 물에 녹이고 전화당 효소를 넣어 과당과 포도당으로 만든 시럽은 제조 방법과 당분 조성에서 꿀과 흡사하니 말이다. 꿀이 설탕보다 열량이 낮은 건강식이라는 주장은 어떤가? 꿀의 열량이 100g당 294kcal로 100g당 387kcal인 백설탕보다 낮긴 하다. 그렇다고 꿀이 더 건강한 당분 음식이 되는 건 아니다. 꿀의 열량이 설탕보다 낮아 보이는 건 그저 꿀에 수분이 더 들어 있기 때문이다. 설탕을 물에 녹여 만든 시럽의 열량은 100g당 290kcal로 꿀과 동일하다. 꿀에는 당분 외에 비타민과 미네랄이 들어 있다고 반론을 제기할지도 모른다. 하지만 꿀로 비타민과 미네랄을 섭취할 생각은 거두는 게 좋다. 그러기엔 너무 적은 양이다. 올해 3월 발표한 세계보건기구의 당분 섭취 권고안에는 벌꿀도 섭취를 줄여야 할 당분에 포함됐다. 꿀 또한 당분 음식이며, 결국 문제는 우리가 섭취하는 양이다.

희소성이 결정하는 음식의 가치

영양학적 가치만을 따지다 보면 음식 평가에 사회성이 미치는 영향을 간과하기 쉽다. 많은 경우 음식과 식재료의 가치를 결정짓는 것은 영양과학이 아니라 희소성이다. 대량 생산한 과자라도 구하기 어려운 희소한 것이 되면 먹고 싶은 음식이 된다. 허니버터칩을 맛보고 싶은 이유는 맛 때문인가, 품귀 현상 때문인가? 2012년 11월 21일 미국의 초코파이라 할 수 있는 트윙키가 단종된다는 말에 많은 사람이 사재기에 나섰던 걸 생각해보면 어느 정도 답이 나온다. 과거로 돌아가봐도 비슷하다. 브리야 사바랭은 이렇게 말했다. "[ ]을 물에 타면 [ ]물이 되는데, 그것은 원기를 회복시켜주고 건강에 좋으며 맛이 좋고 때때로 치료제로서도 유익하다." [ ]안에 들어갈 말은 꿀이 아니라 설탕이다. 설탕이 아직 귀했던 시절 설탕을 바라보는 사람들의 관점은 꿀과 다를 바가 없었다.

식재료의 희소성이 사라지는 순간 그에 대한 평가 또한 바뀐다. 향신료가 귀했던 시절 유럽의 부유층은 엄청난 양의 향신료를 넣은 맵고 자극적인 음식을 즐겼지만, 향신료의 수입량이 크게 늘어 희소성이 사라진 16세기부터는 섬세한 지방질 요리를 찾기 시작했다. 음식역사학자 마시모 몬타나리Massimo Montanari 교수는 바로 이 시점부터 "프랑스 요리를 비롯한 서구 요리가 큰 변화"를 겪었다고 지적한다. 버터는 새로운 흐름에 잘 맞는 식재료로 떠올랐고 곧이어 부자들이 자신을 차별화할 수 있는 표시로 변모했다. 유럽인들도 처음부터 버터의 풍미를 즐긴 게 아니라 버터를 욕망하면서 그 맛을 배워나간 셈이다. 버터와 크림으로 범벅된 음식을 계속 먹어도 아무렇지 않다며 서구화된 미각을 자랑하는 오늘날의 한국인이나 당대 유럽의 미각 구조를 바꾼 프랑스인이나 머릿속에 들어 있는 생각은 비슷하다.

버터도 좋은 음식이다

희소성의 원칙은 예나 지금이나 꿀이 좋은 음식이 되는 이유를 설명해준다. 과거보다 흔한 것은 사실이지만, 적어도 꿀은 설탕이나 당분 음료만큼 넘쳐나지 않는다. 인류의 기억 속에 꿀은 언제나 귀한 음식이며 거의 유일하게 정당화가 가능한 단맛이다. 꿀은 영양을 따지지 않아도 '생각하기에 좋은 음식'이다. 악마화된 버터는 이제야 겨우 누명을 벗고 있다. 2014년 6월 <타임>지는 과거의 입장을 번복하며 "버터를 먹으라"는 표지 기사를 실었다. 올해 들어 미국 정부 산하 식사지침자문위원회DGAC는 음식에 함유된 콜레스테롤을 '위험 영양소'에서 제외하기로 잠정 결정했다. 음식에 들어 있는 콜레스테롤이 인체에 미치는 영향이 생각보다 크지 않다는 그간의 연구 결과들을 반영한 것이다.

많은 사람이 여전히 버터에 대한 비난을 멈추지 않는다. 이유 가운데 하나는 버터와 유제품이 동물성이며 송아지를 위한 음식이라는 사실이다.

레이건 대통령의 의학 고문이었다는 신야 히로미新谷弘實는 자신의 저서 『병 안 걸리고 사는 법』에서 "우유는 원래 송아지를 위한 것"이며 다른 동물의 젖을 먹는 것은 자연의 섭리에 어긋나는 행위라고 주장했다. 하지만 같은 논리로 보면 꿀도 벌을 위한 음식이지 사람을 위한 음식은 아니다. 자연계에서 남의 음식을 뺏어먹지 않고 살 수 있는 유일한 방법은 과일만 먹고 사는 길뿐이다. 꿀은 우유만큼이나 동물성 음식이기도 하다. 실제로 엄격한 채식주의자들은 그러한 이유로 꿀을 거부한다. 영양과학으로는 꿀은 좋은 음식이고 버터는 나쁜 음식이라는 명제가 성립하지 않는다. 옳고 그름을 말할 때, 우리가 음식을 판단하는 기준은 사회적이다. 음식에 대한 관념이 시대에 따라 변하는 것도 그 때문이다. 그러고 보니 오래전에도 꿀과 버터가 만난 적이 있다. 이집트에서 노예 생활을 하고 있던 히브리인들에게 희망을 준 약속의 땅은 '젖과 꿀이 흐르는 땅'이었다. 젖은 꿀과 마찬가지로 좋은 음식이었다.

어묵의 비밀

무첨가를 내세운 어묵

“만약 정치인이 자신은 소박하다는 이미지를 과시하기 위해 길거리 간식을 먹는 증명사진 한 장을 찍는다면 그것은 순대나 호떡이나 떡볶이가 아닌 오뎅일 것이다.” 김찬별 작가가 자신의 책 『한국음식, 그 맛있는 탄생』을 통해 내놓은 예언이다. 그가 예상한 대로 총선을 앞둔 각 당 정치 지도자들은 시장에서 어묵 꼬치를 집어 들고 자신들의 서민적 이미지를 보여주기에 바빴다. 하지만 그들 중 한 명이라도 직접 어묵을 사러 가본사람이 있을까? 마트에 진열된 어묵을 보고 있노라면 의구심이 솟아오른다.

어묵과 정치인은 닮았다. 둘 다 깨끗함을 자랑하고, 공약 내걸기를 좋아한다. 어묵 중에는 무려 9가지 약속을 전면에 내세운 제품도 있다. 보도된 바에 따르면, 이 제품에서 내건 9가지 약속이란 천일염, 쌀, 생채소 3가지 국내산 원재료는 첨가하고 합성보존료, 산화방지제, 합성착색료 등 6가지 첨가물은 넣지 않아 소비자들에게 건강한 제품을 약속한다는 의미를 담고 있다. 카메라 앞에서 어묵 꼬치를 들고 먹방에 열심인 정치인들이 정작 마트의 어묵을 집어본 적은 없을 거라는 생각이 드는 건 이 대목에서부터다. 어묵 포장의 약속은 난해한 전문 용어로 가득하지만, 꼼꼼히 따져볼수록 신뢰하기 어려운 것들뿐이다(확실히 선거철 정치인들의 공약과 비슷하긴 하다).

합성보존료, 합성착향료, 산화방지제, 팽창제, 스테비올배당체,

정제염까지 모두 6가지 첨가물을 뺐다고 자랑하는 6무첨가 어묵의 경우를 살펴보자. 이들 성분이 각각 무엇이며, 어떤 용도인지 알기 위해 백과사전을 찾아가며 공부할 필요가 없다. 그저 옆에 놓인 다른 제품과 비교해보는 것만으로도 충분하다. 6무첨가 어묵의 위 칸에는 새우향 합성착향료를 넣어서 만든 5무첨가 제품이 있고, 다시 그 옆에는 정제염이 들어 있지만 소르비톨 성분을 빼서 6무첨가라는 어묵이 나란히 진열되어 있다. 정제염, 합성착향료(새우향), 소르비톨은 어묵에서 빼야 할 정도로 인체에 유해한 성분인가? 세 가지 어묵이 모두 같은 회사 제품이란 점을 감안하면 그럴 가능성은 낮다. 정제염은 빼고 천일염을 넣어 만들었다는 6무첨가 종합 어묵 겉면의 설명을 통해 보면 정제염이 나쁜 성분 같지만, 정작 제품에 함께 들어 있는 어묵탕용 스프에는 정제염이 들어 있다고 큰 글씨로 표기되어 있다.

가벼운 과학 지식만으로도, 무첨가 약속의 공허함이 더 선명해진다. 소르비톨은 본래 과일과 채소에도 들어 있는 당알코올로, 어는점을 낮춰 어묵에 얼음 결정이 생기는 걸 방지한다. 요즘 어묵에 무첨가를 강조하는 산화방지제 L-아스코르빈산나트륨은 항산화제의 대명사 비타민 C를 가리킨다. 비타민 C를 빼서 더 건강하게 즐길 수 있다니 '둥근 사각형'과 다를 바 없는 형용모순이다.

어묵의 서민적 태생

정치인과 어묵에는 본질적 차이점이 존재한다. 아무리 고급스럽게 수식해도 어묵은 평범한 서민 음식이다. 어묵을 먹으며 애써 서민 코스프레를 해도 정치인은 귀족이다. 이미지 변신을 꾀한다는 점만 같을 뿐 그 이면에 깔린 방향성은 정반대다. 부유층과 빈곤층 모두 자연적인 음식을 싫어했던 중세 유럽의 상황과 유사하다. 둘의 태도는 같았지만 이유는 달랐다. 당시 유럽의 부유한 귀족들이 자연적인 제철 음식에 무관심했던 것은 그들이 지역과 계절을 뛰어넘는 음식으로 신분과 지위를 과시하기에 바빴기 때문이었다. 17세기 이탈리아에서 요리사로 이름을 날렸던 바톨로메오 스테파니Bartolomeo Stephanie의 기록처럼 '빠른 말馬과 두둑한 지갑'만 있으면 될 일이었다. 추운 겨울에도 하인을 말에 태워 남부 휴양 도시의 채소와 과일을 사오도록 할 수 있는 재력가에게 계절은 아무런 문제가 되지 않았다. 반대로 서민층은 굶주림에 대한 두려움으로 싱싱한 제철 음식을 멀리했다. 음식을 자연 그대로 방치했다가는 상하기 십상이라 소금에 절이고 굽고 찌고 말리고 훈연하는 식으로 가공하지 않고서는 식생활을 제대로 영위할 수 없었다. 생선은 특히 변질과 부패가 빠른 식품이다. 신선함을 유지하기 어렵다는 것은 곧 가공품을 개발해야 하는 이유가 된다. 중국의 어단Fish Ball이 먼저인지, 일본의 가마보코가 먼저인지, 한민족도 어묵 비슷한 것을 먹고 있었는지 아니면 일본의 가마보코를 받아들인 것인지 등 어묵에 대해서는 논란이 있다(일본

기원이 가장 유력하다). 그러나 그 기원이 어디인지에 관계없이, 어묵이 서민의 발명품이었을 거라는 점만큼은 분명하다. 생선이 버려지는 것을 참을 수 없었던 사람이 귀족이었을 가능성은 낮으니 말이다. 결국 어묵은 태생부터 서민적인 음식이었던 것이다.

마트에서 어묵만큼 안전함을 강조하는 식품도 드물다. 어묵 포장 앞뒷면에는 깐깐함, 엄선한 재료, 깨끗한 공정, 정성과 정직을 강조하는 문구들은 물론 제조 방법을 단계별로 설명하는 친절한 그림까지 발견할 수 있다. 이 그림은 역설적으로 그동안 쌓인 어묵에 관한 대중적 불신이 어느 정도인지를 보여준다. 이처럼 어묵에 대한 의심의 눈초리가 계속되는 이유는 뭘까? 우선 생선을 갈아서 만드는 어묵의 속성상 뭐가 들어갔는지 알 수가 없기 때문이다. 소규모 공장에서 가내수공업 방식으로 제조했던 과거의 기억이 아직 남아 있기 때문일 수도 있다. 하지만 근본적인 이유는 어묵의 출생 배경에 있다. 역사 이래 식품 사기를 당하는 사람은 주로 빈곤층이었다. 가난한 서민의 영양식이던 어묵이 불량식품의 오명을 쓰는 이유는 어쩌면 필연적이다. 어묵을 만드는 사람과 먹는 사람 모두 가난했던 시절에 흰색보다는 회색빛에 가까운 어묵을 먹었기에 사람들이 의심을 거두기란 어려운 일이었다. 1980년대 말 대기업이 어묵 시장에 진출하는 빌미가 된 것도 따지고 보면 위생 문제였다.

조리법의 차이가 어묵에 끼치는 영향

요즘 마트에 가보면 튀기지 않고 구운 어묵이 눈에 종종 띈다. 일반 대중을 상대로 하는 가공식품에 좋은 기름을 쓸 리가 없다는 불신이 깊기 때문이다. 어묵을 튀기는 과정에서 풍미와 보존성은 좋아지지만, 사실 어묵의 원조는 구운 어묵이다. 기름을 사용해서 튀기는 것 자체가 역사가 짧아 비교적 새로운 조리법이기 때문이다. 튀기는 과정에서 어묵에 흡수되는 기름이 어묵의 칼로리를 높이는 걸 걱정하는 사람에게 구운 어묵은 훌륭한 대안이 될 수 있다. 단, 구운 어묵이 튀긴 어묵보다 건강에 더 좋다고 말할 수 있는 근거는 부족하다. 2012년 스페인 연구자들은 저명한 영국의학저널BMJ에 4만 명 이상의 성인을 대상으로 진행한 연구를 발표했다. 올리브유나 식물성 기름으로 튀긴 음식을 먹는다고 해서 특별히 심장병의 위험이 증가하지는 않는다는 결과의 연구였다. 그러나 동일 학술지에 미국 연구자들이 2014년에 발표한 연구 결과는 그 반대다. 패스트푸드 레스토랑에서 튀김을 즐겨 먹는 사람들 중 일부는 유전적으로 비만에 더 취약한 것으로 나타났다. 전 세계의 어묵 소비량은 연간 200만 톤에 달하지만, 튀긴 어묵과 구운 어묵을 두고 이 정도로 광범위하게 연구한 자료는 아직 없다. 현재까지 밝혀진 사실은 튀긴 어묵이 특별히 몸에 나쁘다고 보기는 어려우며 많이 먹을 경우에는 살이 찔 수 있다는 지극히 상식적인 결론에서 벗어나지 않는다. 매일같이 어묵을 먹는 사람이 아니라면 어묵의 조리법보다는 어묵의 섭취량과 어묵에 어떤 음식을 곁들이는지가 건강에 더 중요하다는 이야기다.

변신을 위한 어묵의 시도는 성공적이다. 어묵으로 만든 국수, 바로 먹는 큐슈풍 어묵, 손으로 만든 느낌의 수제형 간식 어묵, 알래스카 명태산 어묵, 조기연육으로 만들었다는 어묵까지, 마트의 어묵은 정말이지 고급스러워지고 다양해졌다. 과거 길거리의 밀가루와 잡생선을 갈아 만들어 판 '오뎅'과는 격이 다른 고운 빛깔의 어묵은 그냥 먹어도 부드럽다. 그래도 뭔가 허전한 마음이 드는 것은 점점 더 찾기 어려워지는 시장과 길거리의 어묵 때문이다. 서로 정통을 내세우는 마트 어묵을 보고 있자면, 마치 가난한 배경에서 성공한 정치인이 부자들 편에 선 것처럼 그 모습이 어색하다. 정치인이든 서민이든, 기왕이면 어묵은 길을 걷다가 멈추어 생각하며 이야기하며 먹을 수 있었으면 좋겠다.

언제나 맛있는 과자

과자를 즐기는 법

가을 제철 음식의 대표는 과자다. 연중 과자를 만들어 먹기에 딱 좋은 시기는 언제나 가을부터 겨울까지다. 추수한 곡식이 가장 풍성할 때에야 비로소 과자를 즐길 여유가 생기기 때문이다. 남는 곡물은 저장할 수도 있고, 알코올로 발효시켜 술을 빚을 수도 있다. 그러나 잉여 곡물을 활용하는 가장 놀라운 방법은 남녀노소가 모두 즐길 수 있는 달콤한 과자를 만드는 것이다. 과자는 배부른 위장 속에서 숨겨진 공간을 찾아내고, 가라앉았던 식탐을 다시 불태우기 위한 인류 최고의 발명품이다. 식사 뒤에 배가 부른 사람도 웬만큼 의지가 강하지 않고서는 과자의 유혹을 떨치기 힘들다. 태생적으로 그렇다. 스페인산 블랙 트러플 프리미엄 포테이토 칩스 Black Truffle Potato Chips 와 일본산 우마이봉 콘포타지의 맛은 전혀 다른 과자처럼 느껴지지만, 동일한 목적을 수행한다. 과자는 우리가 신체의 포만 신호의 한계를 넘어서서 잉여 곡물을 즐길 수 있도록 설계된 음식이다. 그런 본래의 목적을 고려하면, 블랙 트러플 감자칩 과자 한 봉지(125g)에 1mg도 안 되는 적은 양의 송로버섯이 들어 있다고 비난할 수는 없다. 값으로 치면 1원밖에 되지 않는 미량으로도 감자칩 전체에 송로버섯 특유의 묘한 향기가 느껴지는 게 그저 신기할 뿐이다.

수입 과자에 끌리는 이유

영국으로 건너가면 감자칩의 맛을 형용하는 문구가 또 달라진다. "봄베이에 매운맛이 더해졌을 때" "치킨 수프가 나의 하루를 살려낸 방법" "미스터 쏠트의 비밀". 호기심을 자극하는 이름이다. 그러나 맛은 이름의 특이함을 따라가지 못한다. 설탕, 정제 소금, 커민, 카옌, 파프리카, 강황, 회향, 생강, 계피, 호로파, 소두구, 너트메그, 정향, 쌀가루, 파프리카 추출물, 토마토 분말, 양파 분말, 마늘 분말, 구연산을 넣어 만들었다는 마드라스 시즈닝의 맛은 평범한 카레 맛에 불과했다. 히말라야 핑크소금으로 맛을 냈다는 더 데일리 크레이브 렌틸 칩스The Daily Crave Lentil Chips 역시 "당신의 욕구를 따르라"는 과감한 포장문구와는 어울리지 않게 그저 조금 더 짭조름할 뿐 여느 콘칩과 다를 바 없는 맛이었다. 과자에 히말라야 핑크소금을 넣는다고 해서 맛에 차이를 가져올 수 있을지도 의문이지만, 원료 표기상 히말라야 핑크소금보다 그냥 소금이 더 많이 들어 있다는 점을 감안하면 당연한 귀결이다. 수입 과자가 인기를 끄는 이유는 무엇인가? 다양하고 이국적인 맛인가, 아니면 맛을 묘사하는 문구의 독특함 때문인가?

의문은 폴트 딸기 타르트에서 풀렸다. 비슷한 국산 제품을 먹을 때마다 딸기잼의 양이 조금만 더 많았더라면 하는 생각을 했었다. 어렸을 때부터 빅파이, 후렌치파이 같은 국산 과자를 먹으면 풍요로움 속에서도 모종의 결핍이 느껴졌다. 이에 비하면 프랑스산 딸기 타르트의 정중앙에서 면적의 절반 이상을 차지하는 잼은 풍성함 그 자체였다. 생지에 넣은 코코넛 조각이 입에서 걸리적거려도 충분히 즐거웠다. 가운데 살짝 얹어진 잼 부분만 남도록 주변의 과자를 잘라내어 먹은 다음, 남은 잼을 씹으며 즐거움을 만끽했던 어린 시절부터 상상 속으로 그려보던 과자가 현실이 된 것이다. 묵직한 수입 과자 봉지들을 집어 들어보면 과자가 부스러지는 걸 막기 위해 질소 충전을 한다는 업체들의 변명에 의문이 생기지만, 사실 국산 과자에 대한 불만이 반드시 질소 충전에만 국한되는 것은 아니다. 대형 마트의 국산 과자들 가운데는 나의 혀를 기쁘게 하려는 생각보다는 재료비 절감으로 대기업 회장님의 비위를 맞추고자 하는 의도가 배어 나오는 것들이 너무 많다. 과자를 먹는 사람이라면 단순히 150g에 2000원이라는 가격보다는 그 150g을 어떤 재료들로 어떻게 채우고 있느냐에 관심이 가기 마련이다. 소비자의 불만에는 이유가 있다. 우리는 왜 그렇게 많은 공간을 질소를 채울 수밖에 없는지 해명을 듣고 싶은 게 아니다. 더 많은 공간을 과자로 채운 제품을 바라는 것이다.

수입 과자는 더 건강한가

과자는 잉여 곡물을 소비하기 위한 훌륭한 방법이지만, 동시에 과잉 열량 섭취로 인한 독이 되기 쉬운 음식이다. 과자가 건강을 해치는 적이라는 생각은 세계 어디에나 널리 퍼져 있는지, 과자 포장의 문구도 국적과 제조사를 초월해 비슷비슷하다. 무가당, 글루텐 프리, 할랄, 코셔, 인공향료, 인공색소 무첨가, 트랜스 지방 프리. 모두 의미 없다. 과자에 당을 첨가하지 않아도 과자 속 전분질은 빠르게 당분으로 분해되어 흡수된다. 과자가 건강에 해로운 것은 그로 인한 과잉 열량의 섭취 때문이다. 글루텐, 인공향료, 인공색소가 간혹 문제를 일으키는 경우도 있겠지만, 과잉 열량 섭취로 인한 비만과 과체중의 문제에 비하면 아무것도 아니다. 멀리 바다를 건너오며 더 많은 방부제와 보존료를 넣지 않았겠냐고? 대부분의 과자는 수분 함량이 낮아서 그런 투자를 하지 않아도 비교적 오랫동안 보존이 가능하다. 있지도 않은 적에 대한 두려움을 가질 필요가 없다. 문제는 양이다. 과자는 적게 먹기가 너무 어려운 음식이다. 다시 말하지만, 애초에 그렇게 만들어졌다.

영양 구성 면에서 한쪽으로 치우쳐 있다는 것도 문제다. 약간의 차이는 있으나 대부분의 과자는 탄수화물 위주의 식품이다. 지방은 많이, 탄수화물은 적게 먹어서 체중도 줄이고 건강도 회복할 수 있다 하여 최근 유행하는 LCHFLow Carbohydrate High Fat 다이어트와 과자는 정반대 지점에 있다. 하지만 공통점이 있다. 영양 균형이 맞지 않는 다이어트는 어느 경우든 지속이 어렵다. 과자 다이어트가 어려운 것처럼 고지방 저탄수화물 다이어트도 오래 지속하기 힘들다. 잘 먹고 과자를 또 먹으면 체중 증가를 막기 힘든 것처럼 고지방 저탄수화물 다이어트에도 음식을 조금 더 추가해서 다양성을 높여주면 초기의 체중 감소 효과는 금방 사라진다. 건강에 해롭다며 과자를 적게 먹으려 하는 사람들이 다른 한편으로 LCHF 다이어트와 같은 식으로 뭔가를 많이 먹을 수 있는 방법을 찾으려 애쓴다는 것은 모순적이다. 큰 틀에서 잘못된 계획을 실행하면 세부가 어떻든 결과는 동일한 실패로 끝난다.

과자가 우리에게 말해주는 것들

음식이 한 사회의 문화에 대해 알려준다면 과자 또한 그러하다. 맥비티 홉놉스 Mcvities Hobnobs는 영국인들의 티타임에 안성맞춤이다. 악마의 과자라는 호주의 팀탐도 비슷하다. 비스킷을 차에 적셔 먹듯 팀탐의 한쪽을 살짝 베어 먹고 다른 한쪽을 음료에 담가 스트로처럼 빨아 먹다 보면 겉면의 초콜릿은 녹고 안쪽의 과자 부분은 액체를 흡수하여 부드러워진다. 티타임에 맞춰 하루에 한두 개를 먹으면 적당하지만, 아무런 맥락 없이 간식으로 우적우적 씹어 삼키다 보면 대여섯 개를 쉽게 해치우게 된다. 밥 두 공기에 맞먹는 열량을 순식간에 섭취하게 되는 것이다.

이 지점에서 마트의 세계 과자가 우리에게 알려주는 한 가지 중요한 사실이 드러난다. 세계의 과자를 한곳에서 맛볼 수 있다고 해서 우리가 그들 각각을 만들어낸 나라들에 더 깊은 관심을 갖게 되진 않는다. 초콜릿 크림을 비스킷 사이에 넣고 다시 진한 초콜릿으로 겉면을 감싼 호주 과자를 먹는다고 해서 내가 호주를 사랑하는 사람이거나 호주의 식문화에 깊은 관심을 가진 사람이라고 생각한다면 오산이다. 처음 팀탐을 먹었을 때 나는 그게 호주에서 만든 과자인지도 몰랐다. 끝을 잘라서 음료를 빨아 마시는 이야기도 이번에 글을 쓰면서 자료 조사를 하다 처음 알게 된 것이었다. 이탈리아의 미수라 토스트 비스킷을 통해 이탈리아의 식문화에 대해 더 배운 건 하나도 없었고, 미국의 테라 오리지널 칩스를 맛볼 때도 미국 생각은 거의 나지 않았다. 다른 나라 과자에 대한 사람들의 관심이 딱 그 정도다. 러시아 사람들이 초코파이를 먹기라도 하면 언론에서는 그들에게 한국의 식문화를 널리 알리고 수출한 것처럼 자랑스러워하지만, 정작 그걸 먹는 사람들은 과자 이외에는 아무 관심이 없다. 과자를 통해 보면 국가 차원에서 한식을 세계에 알리겠다는 한식 세계화의 허상이 드러난다. 국내산보다 외국의 과자를 선호한다고 걱정할 일도 없고, 다른 나라에서 한국산 과자를 즐겨 먹는다고 자랑스러워할 것도 없다. 과자는 원래 맛있어서 먹는 음식이다. 그냥 좀 여유롭게 즐겨보자.

대왕카스테라와 과학

대만에서 온 대왕카스테라

호불호가 뚜렷하다는 사람도 막상 자신이 무엇을 좋아하고 무엇을 싫어하는지 잘 모르고 있는 경우가 많다. 나에게 대왕카스테라가 그랬다. 줄 서서 사먹는 거 싫다. 기다리는 시간도 아깝지만, 무엇보다 여유 있게 먹을 수가 없다. 뭐가 다르다고 줄을 서서 먹는단 말인가.

특별할 게 없다는 생각이었다. 그러던 어느 날 대왕카스테라를 먹기 위해서 줄을 섰다. 그날따라 백화점이 한산했고, 줄이 짧았다. 모락모락 김이 나는 노란색 카스텔라 한 판이 나오자 입맛이 돌았다. 뒤집고, 유산지를 떼어내고, 다시 뒤집어서 금속 자를 대어 표시한 뒤에 조각으로 자르는 걸 보면서 내 차례를 기다리려니 입에서 침이 돌기 시작했다. 뜨거운 카스텔라를 받아들자마자 손이 갔다. 절반이 순식간에 사라졌다. 손이 닿지 않아서 포도송이를 시다고 외친 여우가 포도 맛을 봤을 때의 느낌도 이랬을까. 줄을 서고 싶지 않았던 것일 뿐 내가 대왕카스테라를 싫어하진 않는다는 사실을 그날 처음 알았다.

카스텔라의 과학

먹어보면 대왕카스테라가 인기를 끌었던 이유를 알 수 있다. 거품이다. 우리는 과자 포장에 충전한 질소 가스는 싫어하지만, 거품 속에 잡아가둔 공기는 좋아한다. 달걀의 거품 형성 능력은 놀랍다.

공기 방울을 감싸고 거품을 안정시키는 것은 정확히 말해, 달걀흰자 그중에서도 10%에 불과한 단백질이다. 나머지 90%의 수분은 거품이 만들어지더라도 그것을 안정시킬 능력이 없다. 순수한 물을 병에 넣고 흔들면 처음에 거품이 생기지만 이내 사라져버리는 것은 그런 이유에서다. 거품기로 달걀흰자를 휘저어주면 그 속에서 털실 뭉치처럼 꼬여 있던 단백질 분자들이 풀어지며 서로 얽혀 그물 구조로 재결합한다. 이들 단백질은 기포 주변 액체의 점도를 높이고 그물 조직으로 공기와 물을 제자리에 고정시킨다. 휘저어 거품을 내면 달걀흰자는 원래 크기의 8배까지 부풀어 오른다. 그대로 두면 언젠가는 꺼져버릴 거품이다.

하지만 열을 가해 익히면 이야기가 달라진다. 열은 단백질 가닥 속에 숨어 있던 손들이 서로 맞잡고 화학적으로 단단히 결합하도록 하여, 거품에게 꺼지지 않는 영속성을 부여한다. 이때 단백질 가닥 속에 숨어 있던 손은 황 원자다. 오븐에서 계속 열이 가해지면 황과 황은 손을 맞잡고, 서로 엉겨 붙은 단백질 가닥들은 응고되며, 액체에 가까웠던 거품은 고체로 변한다. 가열로 생겨난 수증기가 거품을 더욱 커다랗게 부풀리지만 반죽 속 설탕과 밀가루의 도움으로 카스텔라는 무너짐 없이 모양을 유지한다. 자세히 들여다보면 우리가 좋아하는 것과 싫어하는 것의 차이는 종이 한 장만큼 가볍다. 우리는 황과 황 원자들이 손잡고 단백질을 응고시켜주는 걸 좋아한다. 내가 언제 그랬냐고 반문할 수 있지만, 실은 달걀을 삶고 프라이하고, 수란과 오믈렛을 만들어 익혀 먹을 때마다 화학적 응고 반응을 이용하는 것이다. 폭신하게 부푼 대왕카스테라도 황 원자 덕택이다. 하지만 거기까지다. 조금이라도 달걀을 과잉으로 익혀서 황과 황 사이의 결속이 깨지고 황 원자가 빠져나오면 싫어한다. 유황 특유의 고약한 냄새 때문이다.

요리는 화학이다

화학을 싫어하지만 요리를 좋아하는 사람이 많다. 하지만 요리는 화학이다. 우리는 달걀, 설탕, 밀가루를 사려고 줄을 서진 않지만, 그 혼합물에 공기를 넣어 부풀리고 화학 결합으로 형태를 완성하면 줄을 선다. 사람들 간에 호불호를 가르는 미묘한 선호도 차이를 결정짓는 것 역시 눈에 보이지 않는 화학적 요소의 차이다. 우리가 카스텔라에 잡아가둔 공기를 좋아하는 것은 사실이지만, 공기만으로는 부족하다. 말라서 퍼석해진 카스텔라에도 공기는 들어 있지만, 그걸 먹고 싶어 하는 사람은 드물다. 혀와 입에서 부드럽고 촉촉하게 느껴지는 질감이 중요하다. 언뜻 보기에 비슷해 보이는 대왕카스테라도 맛의 편차가 크다. 달걀흰자로 부풀리고 노른자는 적게, 밀가루는 많이 넣어 만들면 카스텔라 색깔이 연하고 질감도 퍽퍽하다. 노른자에 들어 있는 지방과 유화제 성분은 거품을 만드는 것을 방해하여, 기포에 잡아가둘 수 있는 공기의 양을 줄이지만 대신 부드러운 질감을 선사한다. 달걀 전체를 사용해서 반죽을 만들기가 더 어렵고, 비용도 많이 들지만, 결과물의 차이는 크다. 노른자를 충분히 사용한 카스텔라가 색상, 풍미, 질감 면에서 더 뛰어나다. 대왕카스테라 간판을 단 곳이 여럿이지만 평가가 엇갈리는 이유도 여기에 있다.

대왕카스테라를 좋아하는 사람도 있고 굵은 설탕이 깔린 나가사키 카스텔라를 좋아하는 사람도 있다. 설탕을 얼마나 넣느냐에 따라 맛만 달라지는 게 아니다. 질감에도 큰 차이가 생긴다. 설탕은 거품이 만들어지는 데는 방해가 되지만, 끈끈한 점성으로 만들어진 거품을 안정적으로 유지하도록 도와주는 역할을 한다. 설탕은 물을 잡아당기는 성질이 있어 카스텔라를 굽는 도중에 과도한 수분 증발을 막아주기도 한다. 단맛이 진한 카스텔라일수록 질감이 더 촉촉한 것은 꿀, 물엿, 설탕과 같은 당류의 도움 덕분이다. 카스텔라 겉면의 갈색도 당류 덕분으로, 고온에서 당과 아미노산과 함께 마이야르 반응을 일으키기 때문이다. 수증기에 의해 익는 안쪽 부분은 섭씨 100도 이상을 넘기 어려워서 이러한 갈변 반응이 일어나지 않는다. 설탕은 단순한 당도의 문제가 아니라 음식의 물리, 화학적 성질을 결정하는 데 중요한 요소다.

음식의 원조가 중요할까

나 한 사람 돌아섰다고 논쟁이 끝날 리 없다. 대왕카스테라를 자르는 장면을 찍어 동영상으로 페이스북에 올리자마자 여러 개의 댓글이 달렸다. 줄 서서 사먹어야 하는 음식인가 아닌가. 그냥 카스텔라 맛인가, 카스텔라만도 못한 맛인가, 더 뛰어난 맛인가. 인터넷을 찾아보면 더 많은 이슈가 있다. 카스테라가 맞나 카스텔라가 맞나. 카스텔라의 원조는 일본인가 포르투갈인가 스페인인가. 카스텔라에 설탕과 콜레스테롤 함량이 얼마나 되냐고 따지고 그게 건강에 미치는 영향이 어떠냐를 두고 갑론을박하는 것보다는 조금 낫지만, 특정 음식의 원조가 어느 나라인지 지나치게 따지고, 정형화된 규격에 맞춰 음식을 평가하는 것은 여전히 지루한 일이다. 달걀의 거품 형성 능력을 온전히 활용하기 시작한지는 아직 400년이 채 못 된다. 비교적 짧은 그 시간 동안 세계 여러 나라에서 조리법과 식재료를 주고받으며 다양한 방식의 스펀지케이크를 발전시켰다. 조류 독감의 여파로 달걀이 품귀 현상을 빚자 벌어진 업계의 대란은 지난 400년 동안 달걀이 얼마나 굳건히 제과의 중심에 자리 잡았는지 보여준다.

대왕카스테라의 인기가 빠르게 식기는 했지만, 달걀 거품의 인기는 거품이 아니다. 달걀, 설탕, 밀가루를 주재료로 각기 다른 방식으로 구워낸 케이크를 맛보며, 사용된 식재료의 물리, 화학적 특성과 조리 방법의 차이가 어떤 차이를 만들어내는지 살펴보는 일은 즐겁다. 우리는 유독 원조에 민감하다. 맛을 보고 평가하는 일에 앞서, 대만 현지에서 어느 집이 대왕카스테라의 원조인가, 어떤 방식이 정통 현지 스타일

카스텔라인가 더 궁금해한다. 어디 대왕카스테라뿐인가. 나가사키 카스텔라, 마카롱, 티라미수 등 모두 원조가 무엇인지, 정통 방식이 무엇인지 알고 싶어 한다. 기준을 세우고 정통을 찾는 것은 우열을 가리고 권력 서열을 정하는 데 익숙한 문화의 영향 때문일지도 모른다. 하지만 하늘에서 혼자 뚝 떨어진 레시피는 없다. 한국 식문화의 절대적인 기준처럼 생각하는 김치조차도 중국에서 온 배추, 중앙아시아에서 온 파와 마늘, 남미에서 들어온 고추가 없이는 존재할 수 없다. 음식의 원형과 레시피의 기본적 특징을 파악하는 것은 의미 있는 일이지만, 거기에 집착하면 창작은 불가능해진다. 나가사키 카스텔라도 대왕카스테라도 존재하지 않으며, 거칠고 투박한 17세기 스펀지케이크의 원형만 진정한 달걀거품케이크로 인정받는 세상이라니 생각만 해도 끔찍하다. 달콤한 카스텔라를 입에 넣으며 괜한 상상을 했다. 아무래도 페이스북에 나가사키 카스텔라, 대왕카스테라 둘 다 맛있었다고 솔직히 밝혀야겠다.

견과, 매일 먹어야 할까?

견과의 명칭 변화

견과 하면 호두를 떠올리던 시대가 있었다. 고대 그리스인들은 호두를 압착한 기름을 사랑했고, 로마인들은 유럽 여러 지역에서 호두 농사를 지었다. 그래서인지 이탈리아어, 스페인어, 프랑스어를 비롯한 많은 유럽 언어에서 호두에 해당하는 단어는 견과를 가리키는 일반명사로도 쓰인다. 한중일 3국에서도 견과는 호두가 대세였다. 차이콥스키의 발레에 등장하는 넛크래커Nutcracker는 호두뿐 아니라 다른 견과의 껍질을 깨뜨리는 데도 쓸 수 있는 도구지만, 이들 세 나라에선 모두 호두까기인형으로 번역되었다. 차이콥스키의 발레가 미국에서 선풍적 인기를 끌며 세계로 퍼져나갔던 때가 1950년대이니 당시 동아시아 사람들에게 가장 익숙한 견과는 호두였던 것이다.

그러나 시대는 변했다. 요즘 견과는 정말 다양하다. 믹스넛 한 봉지에 아몬드, 캐슈너트, 피칸, 마카다미아 등이 함께 들어 있다. 번역이 시대를 반영한다면, 이제 호두까기인형은 '견과까기인형'으로 바뀌어야 할지도 모른다. 참 어색한 이름이다.

견과 섭취의 편리성이 주는 영향

생각해보면 견과 자체의 명칭은 '견과까기인형'보다 어색하다. 본래 견과는 단단한 껍질에 싸인 식용 씨앗을 가리키는 말이지만, 외피를 제거하지 않은 아몬드나 헤이즐넛은 찾아보기 어렵다. 껍질에 옻을 올리는 성분이 들어 있어 반드시 제거해야 하는 캐슈너트의 경우는 예외다. 견과의 껍질을 제거하는 이유는 대개 편리함 때문이다. 일등석 간식으로 유명해진 마카다미아는 껍질이 특히 단단해서 거의 대부분 껍질을 깐 것으로만 팔린다. 독일의 공학자들에 따르면 마카다미아 껍질을 깰 때는 비슷한 크기의 다른 견과보다 무려 다섯 배나 더 힘이 든다고 한다. 포장을 벗기지 않았다고 비행기가 회항한 사건도 있을 정도이니 마카다미아를 껍질째 냈다가 어떤 일이 벌어질지는 생각만 해도 끔찍하다.

우리는 견과가 더 이상 견과답지 않은 시대에 살고 있다. 사실 넛크래커가 호두까기인형이든 견과까기인형이든 무슨 상관일까. 마트에서 잘 포장된 견과를 먹는 데는 아무런 도구가 필요치 않다. 미국 코넬 대학교의 식품 브랜드 연구소장 브라이언 완싱크 Brian Wansink에 의하면 이런 편리함은 재앙이다. 그는 군대 식당에 물 주전자를 사이드 테이블 대신 각각의 식탁에 직접 올려놓은 후 물 섭취량의 변화에 대해 실험했다. 식탁에 올려둔 결과, 병사들의 물 소비량이 81% 늘어났다. 또한 냉장고와 우유가 떨어진 거리를 절반으로 줄인 실험에서는 우유 소비량이 42% 증가했다. 이렇듯 먹기 편한 환경일수록 더 많이 먹게 된다.

견과는 껍질은 단단하지만 내용물은 부드럽다. 목질의 외피를 제거한 견과는 세포벽이 얇고 연약해서 씹으면 쉽게 부서진다. 게다가 견과는 지방이 절반 이상을 차지하고 있어 마블링이 돋보이는 소고기처럼 입안을 촉촉하게 적신다. 조그맣게 포장된 견과 2봉지만 먹으면 밥 한 공기만큼의 칼로리를 섭취할 수 있다. 이렇다 보니 지방은 건강의 적이라는 생각이 널리 퍼져 있던 1980년대까지만 해도 견과를 멀리하는 사람들이 많았다.

견과 섭취와 건강의 상관관계

1990년대부터 상황이 반전됐다. 지방 덩어리인 줄만 알았던 견과가 오히려 건강에 유익하다는 연구 결과들이 하나둘 알려지기 시작했기 때문이다. 견과를 즐겨 먹는 사람들이 혈중 콜레스테롤 수치와 고혈압, 심장병의 위험이 낮으며, 심지어 견과를 자주 먹는 사람일수록 체중 증가와 비만의 위험이 낮다는 소식이 들리자 그동안 견과를 먹지 않았던 걸 한탄하는 소리가 여기저기서 터져 나왔다. 2013년 하버드 의대의 연구 결과가 발표되자 탄식은 더욱 커졌다. 의료직에 종사하는 12만 명의 남녀를 지난 30년 동안 추적 조사한 연구 결과, 하루 한 줌(28g 분량)의 견과를 먹는 사람들이 그렇지 않은 사람들보다 사망률이 낮은 것으로 나타난 것이다. 한 해 동안 얼마나 자주 견과를 먹었는지 물어보는 것만으로 참가자들 사이의 건강상 차이가 드러났다. 일주일에 한 번이라도 견과를 먹은 사람은 전혀 먹지 않은 사람에 비해 사망률이

11% 정도 낮았고, 일주일에 5~6회 견과를 먹은 사람은 15%, 일주일에 7회 이상 견과를 먹은 사람의 사망률은 무려 20%가 낮게 나타났다.

견과를 자주 먹는 사람일수록 사망률이 낮게 나타나는 이유는 무엇일까. 하버드대 연구팀은 견과에는 양질의 단백질과 불포화지방산이 풍부하며, 섬유질, 비타민(엽산, 니아신, 비타민 E), 미네랄(칼륨, 칼슘, 마그네슘), 피토케미컬Phytochemical이 들어 있어 염증을 낮추고 심장 건강에 도움을 주기 때문이라고 추측했다. 물론 관찰하는 것만으로 그 인과관계를 밝혀내기는 어렵다. 견과를 자주 먹는 그룹과 그렇지 않은 사람들 사이에는 무시할 수 없는 차이점들도 있었다. 견과를 자주 먹는 사람들이 전반적으로 더 날씬했고, 흡연율이 낮았으며, 운동은 더 열심히 했고, 과일과 채소를 많이 섭취하면서도 멀티비타민제를 복용하는 비율이 높았다. 또한 이들은 견과를 떠올리면 술이 생각나는 사람들이었다. 일주일 내내 견과를 즐겨 먹는 사람들은 전혀 먹지 않는 사람들보다 두 배 가까이 더 많은 양의 알코올을 섭취했다. 견과를 자주 먹어서 사망률이 낮은 게 아니라 본래 건강했던 사람이 술도 많이 마시고, 더불어 견과를 안주로 많이 먹었던 것일 수도 있다.

그럼에도 불구하고 현재까지의 여러 연구 결과를 종합해보면 견과를 자주 먹는 게 건강에 유익하다는 데는 이견이 거의 없다. 특히 견과가 심혈관계 건강에 도움이 된다는 쪽의 연구가 많다. 그렇다면 어떤 견과를 먹어야 할까. 정답은 없다. 호두, 아몬드, 피스타치오 등의 다양한 견과를 먹어도 좋고, 입맛 당기는 대로 한 종류만 먹어도 괜찮다. 땅콩도 좋다. 콩과 식물의 씨앗인 땅콩은 나무에서 열리는 견과는 아니지만 맛, 영양, 용도에서 다른 나무 견과들과 비슷하다. 2015년 연구에 따르면 땅콩을 자주 먹는 사람에게도 아몬드, 호두, 피스타치오와 같은 견과를 먹는 경우와 마찬가지로 사망률이 낮게 나타났다. 과식과 과음은 일삼으면서 그저 견과만 먹는다고 건강을 지킬 수 있다는 뜻이 아니다. 1만6000명의 의사를 대상으로 한 다른 연구에서는 견과를 많이 먹는 사람들에게 고혈압이 적게 나타나는 상관 관계는 사람들이 과체중이거나 비만인 경우에는 해당되지 않는다. 견과가 건강에 유익하다는 대부분의 연구 결과는 섭취 칼로리를 일정한 수준으로 제한하는 걸 전제로 진행됐기 때문이다.

견과 속에 숨겨진 음식 문화

"작년 한 해 당신은 얼마나 자주 1회 분량의 견과를 먹었습니까?" 음식과 건강에 대한 대부분의 연구는 이런 식으로 질문을 던진 후 답변을 얻는 방식으로 진행된다. 그렇다면 어제 저녁 스페인 레스토랑에서 잣을 갈아 넣은 수프를 시작으로 잣과 호박씨, 해바라기씨를 곁들인 양갈비를 맛본 후 호두아이스크림과 아몬드쿠키로 식사를 마무리한 사람은 뭐라고 대답해야 한단 말인가(해바라기씨,

호박씨도 요리사의 관점에서는 견과다). 음식과 건강에 대한 과학자들의 연구가 종종 딱딱하게 느껴지는 것은 음식을 음식답게 먹는 경우를 배제하기 때문이다. 음식에 대한 이야기에서 제일 재미없는 게 건강에 대한 내용이라면, 음식 이야기를 제일 재미있게 만드는 건 역시 요리에 관련된 내용이다.

다시 호두 이야기로 돌아가보자. 호두의 원래 한자어 호도胡桃에서 호胡가 가리키는 이국의 오랑캐는 누구였을까? 중국을 뜻하는 호떡胡-과 호면胡麵(당면)의 경우와는 달리, 호두의 호는 서아시아, 즉 중동 지방을 뜻한다. 기원전 126년 장건張騫이 서역 순례를 마치고 귀국하면서 가져와 붙여진 이름이라고 한다.

견과를 하필이면 말린 과일과 함께 먹는 이유는 뭘까(개인적으로 늘 궁금했던 질문이다). 중동 식문화의 영향이다. 건포도, 대추야자와 같은 말린 과일과 아몬드, 호두, 헤이즐넛을 갈아 견과 특유의 부드러운 맛과 향을 더해주는 것 역시 모두 중동 요리의 특징이다.

모든 견과의 원산지가 중동 지방인 것도 아니고 수프에 견과 페이스트를 넣는 것도 그들만의 방식은 아니다. 브라질에서는 코코넛을, 멕시코에서는 호두를, 미국 남부에서는 땅콩으로 수프를 끓인다. 코코넛은 열대 아시아, 호두는 서아시아, 땅콩은 남미가 원산지라는 점을 생각해보면 도대체 어디서부터 어떻게 섞인 건지 분간하기 어려울 정도다. 세계 각국의 음식과 요리는 공통적이면서도 다르고, 서로를 배척하는 듯하면서도 복잡하게 뒤섞여 있다. 그래서일까. 음식 이야기는 깊이 들여다볼수록, 까면 깔수록 더 맛나다. 견과와 똑 닮았다.

나가며 —— 팝업레스토랑에서 찾은 미식의 의미

팝업 레스토랑의 매력

유명 셰프가 런던 가정집에서 연 팝업 레스토랑도 아니었고 독일 프랑크푸르트의 마천루 꼭대기에서 열렸다는 세계 최고층 팝업 레스토랑도 아니었다. 그냥 가로수길을 걷다가 마주친 모 수입 맥주 팝업 스토어였다. 그런데도 뭔가에 끌린 듯 들어갔다. 막상 맛본 맥주나 안주의 맛이 그렇게 특별하진 않았다. 한두 잔 마시고는 금방 다시 나왔다. 거의 매번 그렇다. 팝업 레스토랑이 만족스러웠던 기억이 그다지 많지 않았음에도 불구하고 팝업이라는 말만 붙으면 가봐야 할지 말아야 할지 고민에 빠진다.

팝업 레스토랑을 그냥 지나치기란 어려운 일이다. 게릴라처럼 불쑥 나타났다가 사라진다는 사실만으로도 강한 끌림이 있다. 팝업 매장은 정규 공간이 아니라 임시로 빌린 곳이며 일시적이다. 그런데 생각해보면 이러한 일시성이야말로 바로 음식의 본질적 특성이다. 음식은 그것을 만드는 사람에게는 그림과 같지만 먹는 사람에게는 음악과 같다. 하지만 미식은 음악, 미술 감상과 다르다. 음식을 제대로 감상하려면 반드시 작품을 파괴해야 한다. 어제 내가 먹었던 음식은 여기 없다. 음식을 맛보면서 느끼는 행복감 이면에는 음식도, 그걸 먹는 인간도, 잠시 동안 존재할 뿐이라는 사실이 엄존한다. 우리가 팝업 레스토랑에서 맛보는 것은 그 일시성을 극대화한 경험이다. 번역기를 돌리기 않아도 오늘을 즐기라는 "카르페 디엠Carpe diem"의 뜻이 그대로 다가온다.

지나간 팝업을 붙잡을 수는 없다. 그리하여 팝업의 일시성은 다시 희소성으로 이어진다. 레스토랑에서도 어제 내가 먹었던 음식이 여기 없는 건 사실이지만, 같은 레스토랑에서 같은 메뉴를 주문한다면, 그리고 셰프와 스태프가 언제나 재현성 높은 요리를 내어 놓는 실력을 갖췄다면 어제와 거의 동일한 요리를 즐기는 것은 충분히 가능한 일이다. 하지만 팝업 레스토랑이라면 다르다. 지난 크리스마스에 참석했던 장진모 셰프의 팝업 레스토랑 '엔드 다이닝End Dining(과거 자신의 레스토랑 앤드 다이닝AND Dining을 살짝 비튼 이름)'에서 맛본 해초에 마리네이드해 생나물을 곁들여낸 도미 세비체는 인상적이었다. 직전에 맛본 자연 송이버섯 멜바와 달걀의 부드러움과 대비되는 산미와 시원한 풀향, 적당히 탄력있는 날생선의 식감이 기억에 남는다. 나는 그날의 사진을 휴대폰에서 꺼내볼 수 있다. 하지만 같은 공간에서 그 음식을 다시 맛볼 수는 없다(팝업 장소를 제공했던 이태원 문샤인마저 작년 말 영업을 종료했다). 마찬가지로 올해 4월 1일 임정식 셰프가 팝업 '아이뻐유'에서 선보인 베트남 쌀국수 역시 다시 맛볼 수 없는 음식이다.

희소성의 식문화

영국의 문화비평가 스티븐 풀Steven Poole이 자신의 책 『미식 쇼쇼소

(영어 원제는 You Aren't What You Eat)』에서 팝업 레스토랑의 대유행에 대해 비난한 것도 희소성 때문이다. 그는 팝업이 과거 연중 특정 시기에만 한정 판매했던 캐드버리 크림 에그 초콜릿의 고급 버전 유사체에 불과하다고 깎아내렸다. 순전히 일시성을 이용해서 한몫 보려한다는 것이다. 풀의 말대로 우리는 희소성에 흔들린다. 어떤 음식을 먹고 싶게 만드는 제일 쉬운 방법 하나는 지금이 아니면 맛볼 기회가 없다는 생각을 자극하는 것이다. 2006년 4월 미국 시카고의 시의회가 모든 식당에서 푸아그라가 든 요리를 판매할 수 없도록 금지하는 조례를 통과시키자 이전 어느 때보다 많은 사람들이 푸아그라를 맛보려고 레스토랑으로 몰려들었다. 미식가들은 물론이고, 애초에 푸아그라에 별관심이 없던 사람들까지 더 이상 맛볼 수 없다는 생각에 휩싸였다. 100달러가 넘는 고가의 푸아그라 테이스팅 메뉴도 날개 돋친 듯 팔려나갔다. 그러고 보면, 세상에서 제일 맛좋은 음식은 금단의 음식일지도 모른다(지금은 다시 시카고에서 푸아그라를 먹을 수 있다. 푸아그라 금지 법안은 2년 뒤인 2008년 5월에 철회됐다).

토마스 켈러Thomas Keller와 제이미 올리버Jamie Oliver 같은 유명 셰프들마저 나서서 팝업 레스토랑을 열고, 인당 수십 만원을 호가하는 행사에 언론이 호의적인 기사를 써주는 것도 모두 희소성 때문이라는 게 풀의 주장이다. 그는 "유명 요리사의 팝업 레스토랑은 그곳에 가고 싶다는 열망을 부추기려고 또 다른 종류의 희소성을 가미한다는 점에서 그저 자기 밥그릇 챙기는 행사에 불과하다"고 직설적으로 비판했다. 솔직히 찔린다. 글을 쓰는 지금도 제주도의 한 럭셔리 호텔이 서울에서 진행한다는 팝업 레스토랑에 가야할 것인가 고민 중이다. 단 이틀만 존재하는 레스토랑에서 식사한다는 말에 솔깃한 건 사실이다. 날씨에 관계없이 흰옷 정장을 입고 야외에서 식사하는 디네 앙 블랑에 매년 세계적으로 10만 명이 참여하는 것도 비슷한 이유일 거다. 특별한 자리에 가고 싶고, 특별한 음식을 맛보고 싶은 게 사람 마음이다. 풀은 '당신이 먹은 음식이 곧 당신 자신은 아니라'는 책 제목에서부터 정통 요리를 먹는 것으로 우월감을 표시하는 현대인들의 세태를 비판했지만, 그런 특권 의식이 팝업 레스토랑 매력의 전부라고는 볼 수 없다. 팝업만의 독특한 매력은 전혀 다른 곳에 있다. 그것은 실패의 미학이다.

실패에서 배우는 미식

메뉴 하나하나에 수준 높은 일관성을 유지하면서도 독창적이고, 한 번의 끊김도 없이 적절한 타이밍에 다음 메뉴가 제공되어 사람을 깜짝 놀라게 하는 팝업 레스토랑은 극히 드물다. 팝업은 여러 면에서 실패 확률이 높다. 팝업을 찾는 방문객의 입장에서 실패할 확률을 줄일 방법도 별로 없다. 정규 레스토랑에 방문할 때는 미식 평론가나 블로거 리뷰가 도움이 될지 몰라도 팝업 레스토랑에는 별 소용이 없다. 그리하여 판단은 오롯이 나의 몫이다.

셰프 입장에서도 불확실성은 마찬가지다. 남의 주방에서 임시로 구성된 팀으로, 새로 구성한 메뉴에 도전한다는 것은 매일 같은 업장에서 일할 때와는 전혀 다른 도전이다. 레스토랑 오픈에 드는 초기 비용과 고정 인건비와 같은 비용을 줄일 수 있어서 그만큼 식재료에 아낌없이 투자할 수 있다지만, 제한이 줄어든다고 해서 반드시 더 창조적이 되는 것은 아니다. 나는 플레이트 위에 놓인 음식의 가짓수는 여럿이지만 아무 감흥을 주지 못하는 팝업 레스토랑을 여러 번 경험했다. 호기심에 가득해서 찾아간 팝업에서 실망만 가득안고 돌아온 적이 한두 번이 아니다. 그렇지만 그 불확실성이야말로 팝업 레스토랑의 매력이다.

새로운 시도는 늘, 새로운 실패를 낳을 가능성을 안고 있다. 매일 같이 치솟는 임대료와 인건비를 감당해야 하는 레스토랑 경영자에게는 실패를 감당할 여유가 없다. 팝업 레스토랑은 반드시 성공해야 한다는 부담이 적다. 팝업이 한 번 실패했다고 부도가 나거나 셰프의 명성에 치명적인 해를 끼치는 건 아니다. 우리는 실패를 통해 배운다. 성공에는 너무 많은 요인이 있어서 성공한 사람도 자신이 어떻게 성공한 것인지 정확히 알기 어렵다. 그러나 실패는 단 한 가지만 잘못되어도 가능하다. 실패에서 배우기가 성공에서 배우기보다 쉬우며, 음식이 맛있는 이유보다 맛없는 이유를 찾기가 쉬운 일이다. 많이 실패해본 미식가일수록 자신만의 맛의 기준을 날카롭게 세울 수 있다. 낯선 음식 맛보기를 두려워하지 않는 사람이 많을수록 창의성이 넘치는 셰프가 성공할 확률도 높아진다.

지난 달 어느 주말 야외에서 진행된 한 대규모 팝업 행사에 수많은 사람이 몰려들었다. 행사 자체는 성공보다는 실패에 가까웠다. 날은 덥고 태양은 뜨겁게 내리쬐는데, 대기 줄은 길었고, 음식은 생각보다 실망스러웠다. 그럼에도 불구하고 그날 모여든 수천 명의 사람들에게는 젊음의 활기가 넘쳤다. 팝업을 통해 본 우리 식문화는 확실히 젊어지고 있다. 돌이켜보면, 서울에서 베트남, 인도, 그리스 음식을 시도하는 것은 고사하고, 낯선 해외 여행지에서도 굳이 한식집을 찾아내야만 사람들의 직성이 풀리던 시대가 있었다.

새로운 것을 추구하려는 경향은 유전적 성향이나 문화적 배경에 더해 나이와도 관련된다. 과학자들에 의하면 60대의 새로운 것에 대한 선호는 20대의 절반 수준으로 떨어진다고 한다. 맛집을 찾는 게 목적이라면 굳이 팝업에 가서 얼굴을 찌푸리고 있을 이유가 없다. 팝업을 여는 사람도, 팝업에 가는 사람도 즐거운 것은 성공하든 실패하든 그것이 새로운 경험이며 동시에 원초적 체험이기 때문이다. 인류 역사상 처음 올리브를 씹어 본 사람은 그 쓴맛에 놀라 뱉었을 것이고, 처음 원추리를 나물로 무쳐먹은 사람은 설사와 복통에 시달렸을 것이며, 처음으로 시큼한 발효유를 맛본 사람은 상한 건지 먹어도 되는 건지 궁금했을 것이다. 호기심이 풀릴 때까지 그들은 먹기를 시도하고 실패하고 다시 시도하고 실패를 반복했다. 오늘날 우리에게 남겨진 모든 음식과 요리법은 수많은 실패 속에 인류가 이뤄낸 성공의 기록이다. 때로 팝업에서 실패한 음식을 맛보면서도 전율이 느껴지는 것은 그런 이유에서다.

대체로 '감사의 말'에는 가족, 친구, 동료 작가 또는 조언을 준 다른 전문가들, 편집자, 그리고 출판사 대표님이 등장한다. 나 역시 그분들에게 감사한다. 하지만 이 자리를 빌어 솔직히 밝힌다. 이 책은 음식 없이는 불가능했을 것이다.

정말이지 내가 쓰는 모든 글은 음식에 빚지고 있다. 삶 자체가 그렇다. 한국농촌경제연구원에서 내놓은 2016년 보고서에 따르면, 우리 각자가 지금 살아있는 것은 매년 평균적으로 곡물 144kg, 채소 124kg, 과일 57kg, 육류 46kg을 먹어치운 덕분이다. 그중에서도 나는 배가 고프면 키보드를 두드리는 것은 고사하고 아무 생각조차 할 수 없는 사람이라, 글을 쓸 때면 평소보다 음식을 더 찾게 된다. 마감 직전에는 주로 과자나 초콜릿을 많이 먹는다. 뱃속이 채워지고, 뇌에 포도당이 적절한 수준으로 공급되어야 글을 쓸 수 있는 힘이 생겨난다(이 책을 읽기에도 공복보다는 식후가 낫다).

음식은 책의 주인공이기도 하다. 이 책은 지난 몇 년 동안 <올리브> 매거진에 썼던 글들을 모은 것이다. 매번 글감을 정하고 나면 처음에는 대상이 되는 음식을 관찰하는 것으로 시작한다. 마치 17세기 네덜란드 화가들이 과일, 햄, 생선, 빵, 올리브를 그렸을 때처럼 음식을 쌓아두고 각도를 바꿔가며 곳곳을 살핀다. 차이점이 있다면, 17세기 화가들과 달리 나는 식품 포장지의 라벨을 자세히 들여다봐야 했다는 것이다. 또한 당시의 화가들은 불행히도 그림을 완성할 때까지 음식을 맛볼 수 없었을 테지만, 나는 매번 다양한 음식을 먼저 먹고 나서 글을 쓰는 호사를 누렸다는 점이다. 이 책에서 언급한 24가지 음식에 진심으로 고마움을 느낀다. 이들 모두가 이 책의 집필 과정에서 영감의 원천이었고, 조언자이자 협력자였다.

음식의 역사, 과학, 언어에 대한 문헌과 자료를 찾아 읽고 조사하는 데는 늘 예상보다 더 긴 시간이 들었고, 그럴 때마다 내가 안다고 생각했던 음식들은 단지 여러 번 먹어봐서 친숙하게 느꼈던 것이었을 뿐, 모르는 게 태반임을 깨닫곤 했다. 우리가 일상식으로 먹는 음식들 하나하나에 실상 엄청난 이야기들이 숨어있으며 밥 한 순갈도 생각 없이 삼켜서는 곤란하다는 말은 다소 진부하게 들리지만, 사실이다. 음식은 우리를 지적 모험으로 이끌 뿐 아니라 훌륭한 안내자가 되기도 한다.

책을 쓰면서 가장 행복했던 순간은 글쓰기의 여정 속에서 다른 사람들과 내가 음식을 통해 연결되어 있음을 발견할 때였다. 특정 음식의 유래를 알려면 역사가의 도움을 받아야 하고, 조리와 가공의 원리를 파악하려면 과학자들의 조언이 필요하며, 미식의 예술적 가치를 이해하기 위해서는 미학자들에게 기대야 한다. 무엇보다 생산자 없이 음식은 존재할 수 없다. 생각할수록 겸손해진다. 음식은 종종 논쟁의 대상이지만, 그 논쟁의 바탕에는 다른 사람에게 감사하는 마음이 깔려있어야 마땅하다. 그들 모두에게 감사하는 마음으로 이 책을 바친다.

참고 문헌

- Atwater, WO. Foods: Nutritive Value Costs. *Farmer's Bulletin.* (Washington, D.C.: USDA, 1894).
- Baggini, Julian. *The Virtues of the Table: How to Eat & Think* (Granta, 2014).
- Beauchamp GK, Moran M. Dietary experience and sweet taste preference in human infants *Appetite* (1982) 3: 139–52.
- Brillat-Savarin, Jean Anthelme. *The Physiology of Taste*. Trans. M.F.K. Fisher (New York: Counterpoint, 2000).
- Chung, H.-J., Liu, Q., Lee, L., and Wei, D. Relationship between the structure, physicochemical properties and in vitro digestibility of rice starches with different amylose contents. *Food Hydrocolloids.* (2011), 25(5), pp. 968–975.
- Cowart Bi, Beauchamp GK. Factors affecting acceptance of salt by human infants and children. In: Kave MR. Brand JG, eds. *Chemical Senses and Nutrition III.* (Orlando: Academic Press, In Press)
- Gabriel, AS. et al. Metabotropic glutamate receptor type 1 in taste tissue. *American Journal of Clinical Nutrition.* (2009), 90(3):743S–746S.
- Hall, Kevin D. et al. Calorie for Calorie, Dietary Fat Restriction Results in More Body Fat Loss than Carbohydrate Restriction in People with Obesity. *Cell Metabolism.* 22 (2015), pp. 427–436
- Joël Robuchon, et al. *Larousse Gastronomique* (Clarkson Potter:New York, 2001).
- Johansson I, et al. Associations among 25-year trends in diet, cholesterol and BMI from 140,000 observations in men and women in Northern Sweden. *Nutrition Journal.* 2012;11(1):40.
- Levenstein, Harvey. *Paradox of Plenty.* (Berkley: University of California Press, 2003).
- McGee, Harold. *On Food and Cooking.* (New York: Scribner, 2004).
- Myhrvold, Nathan, et al. *Modernist Cuisine: The Art and Science of Cooking. Vol. 2: Techniques and Equipment.* (Bellevue, Wash.: Cooking Lab, 2011).
- Myhrvold, Nathan, et al. *Modernist Cuisine: The Art and Science of Cooking. Vol. 4: Ingredients and Preparations.* (Bellevue, Wash.: Cooking Lab, 2011).
- Morrot G, Brochet F, Dubourdieu D, The Color of Odors, *Brain and Language*, Volume 79, Issue 2, November 2001, pp. 309-320
- Nestle, Marion. *What to Eat.* (North Point Press, 2006).
- Palmer, L. S. Xanthophyll, the principal natural yellow pigment of the egg yolk, body fat, and blood serum of the hen. The physiological relation of the pigment to the xanthophyll of plants. *J.Biol. Chem.* 23, 261–279.
- Rohrman S et al. Meat consumption and mortality — results from the European Prospective Investigation into Cancer and Nutrition. *BMC Med.* 2013; Mar 7;11:63.
- Rozin P. The selection of food by rats, humans and other animal & In:

Rosenblatt JS, Hinde RA, Shaw Z, Beer C, eds. Advances in the Study of Behavior. Vol 6. (New York: Academic Press, 1976) 21–76.
— This, Hervé. *Molecular Gastronomy*. (New York: Columbia University Press, 2006).
— Zribi A, Jabeur H, Aladedunye F, Rebai A, Matthaus B, et al. Monitoring of Quality and Stability Characteristics and Fatty Acid Compositions of Refined Olive and Seed Oils during Repeated Pan- and Deep-Frying Using GC, FT-NIRS, and Chemometrics. *Journal of Agricultural and Food Chemistry*. 2014.
— 김찬별, 『한국음식, 그 맛있는 탄생』, 로크미디어, 2008.
— 대니얼 길버트, 『행복에 걸려 비틀거리다』, 최인철, 김미정, 서은국 옮김, 김영사, 2006.
— 데이비드 보더니스, 『시크릿 하우스』, 김명남 옮김, 웅진지식하우스, 2006.
— 레이첼 허즈, 『욕망을 부르는 향기』, 장호연 옮김, 뮤진트리, 2013.
— 맛시모 몬타나리, 『유럽의 음식문화』, 주경철 옮김, 새물결출판사, 2001.
— 메리 로취, 『꿀꺽, 한 입의 과학』, 최가영 옮김, 을유문화사, 2014.
— 미셸 에켐 드 몽테뉴, 『몽테뉴 수상록』, 손우성 옮김, 동서문화사, 2007.
— 박정배, 『음식강산 2』, 한길사, 2013.
— 스튜어트 리 앨런, 『악마의 정원에서』, 정미나 옮김, 생각의나무, 2005.
— 스티븐 풀, 『미식 쇼쇼쇼』, 정서진 옮김, 따비, 2015.
— 안대회, 정병설, 이용철, 『18세기의 맛』, 문학동네, 2014.
— 애덤 고프닉, 『식탁의 기쁨』, 이용재 옮김, 책읽는수요일, 2014.
— 앨리사 해밀턴, 『오렌지 주스의 비밀』, 신승미 옮김, 거름, 2010.
— 임경수, 손창환, 김원학, 『독을 품은 식물 이야기』, 문학동네, 2014.
— 주영하, 『식탁 위의 한국사』, 휴머니스트, 2013.
— 채경서, 『두부』, 김영사, 2006.
— 최낙언, 『과학으로 풀어본 커피향의 비밀』, 서울꼬뮨, 2015.
— 카를로 페트리니 외, 『슬로푸드』, 김종덕, 이경남 옮김, 나무심는사람, 2003.
— 하이드룬 메르클레, 『식탁 위의 쾌락』, 신혜원 옮김, 열대림, 2005.
— 해럴드 맥기, 『음식과 요리』, 이희건 옮김, 이데아, 2017.
— 허영만, 『식객 24』, 김영사, 2009.
— 대한제당협회 홈페이지 http://sugar.or.kr
— 경향신문 2015년 7월 21일자 <식품회사는 담배회사만큼 해로운가?> http://news.khan.co.kr
— Food Standards Australia New Zealand. *Erucic acid in food : a toxicological review and risk assessment / Food Standards Australia New Zealand* (Canberra: Food Standards Australia New Zealand , 2003) http://www.anzfa.gov.au
— 'Which oils are best to cook with?' BBC News Online http://www.bbc.com/news
— (사)한국바이오에너지협회 홈페이지 http://www.kbea.or.kr
— Personal Health by Jane E. Brody Published: May 6, 1987 http://www.nytimes.com
— 'Increasingly, cats are living longer, healthier lives' Chicago Tribune http://articles.chicagotribune.com

정재훈의 식탁

2017년 6월 30일 초판 발행
2017년 9월 29일 2쇄 발행

지은이 정재훈
펴낸이 김옥철
편집장 여임동
디자인 김경범
사진 박상국, 박재현, 이병주, 이향아, 임학현
마케팅 김헌준, 강소현, 유지경
인쇄 알래스카인디고
펴낸곳 (주)안그라픽스
등록번호 제2-236(1975. 7. 7)

편집/디자인
a. 03003 서울시 종로구 평창44길 2
t. 02.763. 2303
f. 02. 745. 8065
m. agedit@ag.co.kr

마케팅
a. 10881 경기도 파주시 회동길 125-15
t. 031.955.7755
f. 031.955.7744
m. agbook@ag.co.kr

이 책의 국립중앙도서관 출판예정도서목록(CIP)은 서지정보유통지원시스템
홈페이지(http://seoji.nl.go.kr)와 국가자료공동목록시스템(http://www.nl.go.kr/kolisnet)에서
이용하실 수 있습니다.
CIP제어번호: CIP2017014001

컬처그라퍼는 우리 시대의 문화를 기록하고 새롭게 짓는 (주)안그라픽스의 출판 브랜드입니다.
ISBN 978-89-7059-904-5 (03810)